# 恋に狂い咲き 4

## 1　朝を味わう　～真子《まこ》～

「なんだか、いまもまだ夢の中にいるみたい……」

恋しいひとの寝顔を見つめ、真子は小さく笑ってそんな呟《つぶや》きを漏《も》らした。

いま真子がいるのは、彼女の父である真治《しんじ》の経営するホテルのスイートルーム。昨日はこのホテルのオープン記念パーティーが開催され、真子と和磨《かずま》も招待されたのだ。

パーティーも終わりに近づいた頃、父に最上階の部屋へ案内された和磨と真子は、みんなから婚約祝いのサプライズを受けたのだった。

突然の婚約パーティーにはとんでもなく驚かされた。和磨の家族まで勢ぞろいしていて……まさか、和磨さんのお母様やお祖母《ばあ》様にお会いすることになるなんて思いもしなかった。

わたし……本当に、和磨さんと正式に婚約しちゃったんだ。

真子は自分の薬指に嵌《はま》っている指輪を見つめる。大粒のダイヤモンドがキラキラと輝きを放つ。

和磨と出会って、まだ二週間しか経っていない。そのうえ和磨は、朝見《あさみ》グループの会長の息子で、御曹司《おんぞうし》だったのだ。そんなひとと付き合うことになったばかりか、たった半月で婚約までしてしまうなんて……。あまりの展開の速さに、どうにもおろおろしてしまう。

真子は和磨を見つめた。

本当に和磨さんと結婚するんだ――

そのことを現実として受け止めようとした瞬間、胸に不安の影が差し、真子は顔をしかめた。

朝見家はとんでもない家柄だ。そんな家にわたしはお嫁に行くことになる。

婚約パーティーはとても楽しかったし、和磨さんのご両親もお祖母様《ばあ》もとてもやさしく接してくれた。けど……みんな上品で、自然に教養が滲《にじ》み出ていて……自分との生まれの違いを、強烈に感じさせられた。

緊張と不安で心細くなった真子は、無意識に父と兄に救いを求めようとした。けれど、ふたりとも緊張なんてしていなくて……血の繋《つな》がりがあっても、父と兄もまた、自分とは相容《あいい》れない世界の住人のように思えた。

でも、そんなことを思っていたなんて、和磨さんにも、お父さんたちにも言えないよね。それに、言ったところで、「そんなことあるもんか」って言われて、終わるような気がするもの。

だからわたしは、自分で乗り越えないといけないんだ。

これから先、和磨さんと生きていきたければ……

沈んだ気持ちになったとき、和磨の瞼《まぶた》が微《かす》かに動いて目が開いた。

真子はふっと息を吐く。そうして、不安な思いを心の底に押し込め蓋《ふた》をした。

「和磨さん」

呼びかけると、和磨が真子のほうを向く。そのままじっと見つめられ、彼の眼差しの強さにトクンと心臓が跳ねる。

「珍しいな。僕より先に、君が起きてるなんて……」

「自分のベッドじゃないからかも……」

「そのコメントには異議を唱えたいな」

「はい？　どうしてですか？」

「君と僕が衝撃的な出会いをした日、職場で寝てしまった君を起こすのには骨が折れたからな」

まだ眠たそうにそう答えた和磨は、さっと腕を伸ばして真子を抱き寄せた。

真子は和磨の胸に頬を当て寄り添う。和磨の心臓の鼓動が、心地よく耳に響く。

「あのときは……異常な事態だったから……」

真子は肘をついて頭を上げると、上から覗《のぞ》き込むように和磨を睨《にら》んだ。

「だいたい、あれは寝たんじゃなくて、気絶したんですよ。気絶！」

人差し指で和磨の鼻先をつんつん突《つつ》きながら訂正する。

暗闇の中、突然ファーストキスを奪われたのだ。

ほんと、あのときの和磨さんってば、とんでもなかった。

「膨れっ面《つら》も可愛いし……寝起きに叱られるというのも悪くないな」

「は？」

和磨の言葉に唖然としてしまった真子だが、たちまち、ぷーっと頬を膨らませる。

「もおっ、ちゃんと普通に返事してください」

「ちゃんと普通にって？」

「だ、だから……」

説明しようとしたものの、そうすることに意味を見出せなくなり、真子は「もういいです」と言って口を閉じた。

「なんだ？　中途半端にされると落ち着かないぞ。真子、ちゃんと思っていることを言ってくれ」

「普通がわからない和磨さんに……いえ、やっぱりいいです。考えてみたら、普通なんて……ひとそれぞれ違いますよね？」

「まあ、それはそうだな」

同意する和磨を見ているうちに、真子は笑いが込み上げてきた。

わたし、これから和磨さんの『普通』にどんどん感化されちゃったりするんじゃないかな。自由人な和磨さんに、負けず劣らずな自由人になって……そうなったら、人生はもっと味わい深く、楽しいものになるんじゃないかな？

「何を考えてる？」

和磨が聞いてくる。彼の顔を覗《のぞ》き込んだままだった真子は、にこっと笑い、再び和磨の胸に寄り添った。

「楽しいなって……和磨さんとこうしていられて……」

「……」

すると、黙り込んでいた和磨が、急に真子を力一杯抱き締めてきた。

「か、和磨さん？」

「……君は……俺に、これまで味わったことのない感覚を引き起こす」

そう言って、和磨は戯《たわむ》れるように首筋に触れてきた。指先が触れるか触れないかという感じで肌を撫《な》でていく。

ううっ！

堪《たま》らなく甘い刺激に、ピクピクッと身を震わせてしまいそうになる。真子は慌《あわ》てて和磨から離れようとしたが、和磨がそれを許さない。

「かっ、和磨さん、もう起きましょう。今日はこれから仕事に行くんですよ！」

真子は、自分の身の内に生まれた甘い感覚を打ち消そうと大きな声で叫んだ。

「ちょっと撫でただけなのに、なんでそんな大げさな反応をする？」

和磨は不服そうに言う。

和磨さんは、ちょっと撫でただけのつもりかもしれないけど、こっちはとんでもなく感じちゃうんだもの。

「与えた方と、与えられた方には、ずいぶんな差があるってことです」

そう言ってやると、和磨は眉を寄せて考え込んだ。そして……

「つまり君は、逃げたくなるほど性的快感を与えられたってこと……いでっ！」

真子はみなまで言わせず、和磨の頭を軽く殴ってやった。そして和磨に捕まる前にベッドから出る。

「なんだ、本当に起きるのか？　まだ早いぞ」

部屋の時計を確認して和磨が言う。朝の六時を過ぎたところで、確かに起きるにはまだ早い。

「ホテルの庭園を散歩したいんです。凄《すご》く綺麗なんですって。青野《あおの》さんが、お時間がありましたらぜひ足を運んでくださいって言ってました」

青野は真治の補佐をしている人間だ。昨日は、忙しい真治に代わってホテルを案内してくれた。

和磨は「そうか。なら、散歩してから朝食だな」と言い、さっそく、ベッドから下りる。

真子はふと思い立って窓に歩み寄り、そのままベランダに出てみた。和磨も真子のあとをついてくる。

「うわーっ、素敵」

夜景も幻想的で美しかったけど、日が出てからの景色も美しい。爽《さわ》やかな風に頬をくすぐられて、最高に贅沢《ぜいたく》な気分を味わう。

「環境がいいんだろうな。空気が美味《うま》い」

「ほんとに」

和磨は真子の隣に立ち、肩を抱き寄せてくる。ふたりは、しばらく寄り添ったまま、そこからの眺めを楽しんだ。

部屋に戻って身支度を済ませた真子は、和磨と相談し朝食をレストランで取ることにした。

奈々《なな》ちゃんたちはどうするんだろう？

真子の友人である島津奈々子《しまづななこ》に松野圭太《まつのけいた》、そして会社の後輩である深田由愛美《ふかだゆめみ》もこのホテルに泊まっている。和磨と真子の家族は、婚約パーティーが終わったあと、それぞれ家に帰ってしまった。

「和磨さん、ちょっと奈々ちゃんに連絡してみてもいいですか？」

「島津に？」

「はい」

奈々子はすぐに電話に出た。用件を伝えると、松野と深田と一緒にレストランで朝食を食べるというので、和磨の了解を取り、みんなで一緒に食べることにした。

レストランに行く時間を決めた真子は、その前に和磨と庭園へ向かう。

「広いな」

庭園全体を見回し、和磨はホテルの建物を見上げた。

「庭と建物の調和が取れてるな。それに、ホテルの敷地だけで完結していないところがいい」

「ほんとですね。ホテルが周囲の景色に溶け込んでますね」

父の建てたホテル……なんだか誇らしさが胸に湧いてくる。

すると、和磨が真子の腰に手を回しぐっと引き寄せる。真子は慌《あわ》てて抵抗した。

「なんだ？　どうして嫌がる？」

「だ、だって……朝ですよ。それにここは公共の場で……人目もあるんですから遠慮してください」

早朝とはいえ、庭園内には何人かの宿泊客がいる。

「一緒に歩くだけじゃないか。人目を憚《はばか》る必要もないだろう」

一緒に歩くだけ？　べったりくっついて歩こうとしてたくせに……ほんと困ったひとだわ。

真子は和磨に呆れつつ、彼の手を握り引っ張るようにして歩き出した。和磨はそれで機嫌を直したようで、文句を言わずについてくる。そんな和磨に真子は笑いを噛み殺した。

ふたりで、池の周りの遊歩道を歩く。中央に噴水のある池は浅く、落ち着いた色合いの石が水底に敷き詰められている。

池の周囲にあるクレマチスの垣根も見事で、紫の花の美しさにぽおっと見惚《みと》れていたら、パッと和磨の顔に遮《さえぎ》られた。ぎょっとした一瞬後、ふたりの唇が重なっていた。

「んんっ⁉」

真子は慌《あわ》てて和磨を押して離れた。

「ダ、ダメですよ。ここは外なんですよ」

「大丈夫だ。ここなら周りから見えない」

確かに、ふたりの周囲には垣根があって、人に見られる心配はなさそうだけど……

「そ、それでもダメです。外でキスなんて恥ずかしいですよ」

「そうか？　俺は興奮するけどな」

「こ、興奮⁉　そ、そんなの和磨さんだけです！」

だいたい、すでに『俺』になっちゃってるし……『俺』って口にしている和磨さんは要注意だ。

「そんなことあるものか」

反論する和磨の声は、すでに甘さを帯びている。彼は真子の唇のラインを、指先でじわじわとなぞってきた。

ううっ。そ、そんな風にされると……身体がおかしな感じに反応しちゃうんですけど。

唇に生じる刺激にいたたまれず、真子は後ろに身を引く。すると和磨の腕がさっと伸びて、身体を引き寄せられた。

「君が悪いんだぞ」

「えっ？　わ、わたしが？」

「いや、君がじゃないな。君の唇が……だ。俺を甘く誘ってくる」

秘密を語るように和磨は耳元で囁《ささや》く。その声の甘い響きに意識が囚《とら》われてしまう。

和磨の顔がゆっくり近づいてくるのを見ても、もう抗《あらが》う気持ちは湧いてこなかった。唇の感触と温もりに、真子の意識はあっという間に絡《から》め取られた。


ホテルのレストランで、奈々子たちと一緒に朝食を済ませたあと、真子は和磨と急いで部屋に戻った。出社まであまり時間がないのだが、スイートルームの部屋を名残惜《なごりお》しい気分で眺めてしまう。

「どうかしたのか？」

真子は彼に微笑み返した。

「昨日からいろんなことがあったでしょう？」

「ああ、あったな。ホテルのオープニングパーティー、さらに君は、野本《のもと》の籍に入る手続きをして、いまでは芳崎《よしざき》真子じゃなく、野本真子だ」

「どうして面白くなさそうに言うんですか？」

「君が野本の籍に入って、真治さんが喜んでいるのはいいことだと思っている。だが……」

「だが？」

「君と拓海《たくみ》が同じ苗字になってしまったのは……どうにも面白くない」

「野本さんは兄ですよ」

そう言ったら、おでこを小突かれた。

「君だって、まだ実の兄という意識が持てないでいるくせに」

言い当てられて、真子は笑って誤魔化す。

「面白くはないが、よかったと思うぞ。それに、そう長くないうちに君は朝見姓になるわけだしな」

確信を込めて言う和磨に、真子の笑みは、どうしてもぎこちないものになってしまった。

そんな真子の心を見透かすように和磨が見つめてきて、つい視線を逸《そ》らした。すると、和磨に両肩を掴《つか》まれ、正面を向かされる。

「僕との結婚が嫌だってことじゃないよな？」

「そ、そんなことないです。ただ……その……朝見の家に飛び込む勇気が……まだ」

真子は、自分の抱える戸惑いをもごもご口にした。

「勇気ねぇ」

和磨は少し考えたあと、真子の頬に軽くキスをする。

「君には、いつだってこの俺がついている。なんの心配もいらないぞ」

和磨は真子の不安を取り去るように自信満々に請け合う。彼はこの結婚に、なんの心配もないようで、真子の不安はさらに膨らむ。

やっぱり、和磨さんにこの気持ちを理解してもらうのは難しいみたいだ。……わたしが頑張って乗り越えるしかないんだよね？

「それじゃ、真子、行こうか」

荷物を手にした和磨が促《うなが》してきた。頷いた真子は、小さなバッグと和磨の母である彩音《あやね》に貰《もら》った桔梗《ききょう》の描かれた絵手紙を取り上げる。

ホテルのフロントにキーを返したら、正面玄関に向かうまでの間に、ホテルのスタッフが大勢集まってきた。なんと、真子と和磨を見送ってくれるつもりらしい。

驚いていると、和磨が「当然だろう」と言う。

「君は、このホテルのトップの令嬢なんだからな」

れ、令嬢？　わたしが？

状況を受け入れられないまま、真子は和磨の車に乗り込み、大勢のスタッフに見送られてホテルを後にした。

会社に到着し、裏口から中に入る。並んで歩く和磨と真子に、社員たちが注目してきた。それがどうにも気になってしまい、真子は和磨に声をかけ、そそくさと側を離れる。当然、和磨は渋い顔をしていた。

こういうとき、和磨は周りの目をまったく気にしないので、困ってしまう。

「あっ、真子先輩、やっときた」

更衣室に入り、ほっと息を吐いたら、深田が声をかけてきた。奈々子もいる。

「真子、おっそいよ。今日はもう来ないのかと思ったじゃない」

「ごめん。ふたりは早かったのね？」

「わたしらは、朝食を食べてすぐホテルを出てきたからね」

「真子先輩。ほんと楽しかったですよ。ありがとうございました」

「わたしにお礼を言われても……」

「だって、誘ってくれたのは真子先輩ですし。それに先輩は、あのホテルを経営しているひとのご息女なんですから」

ご、ご息女……

「なあに、ご息女って？」

「芳崎さん、ご息女だったの？」

着替えの途中だった同僚たちが話を聞きつけ、周りに集まってきた。

どうしようかと焦っていると、奈々子が「そうなのよ」と肯定してしまう。

「な、奈々ちゃん」

「やっぱり、システム部のみんなには話しておいたほうがいいって。わたしら身内だもん」

「まあ、島津さん、嬉しいことを言ってくれるじゃないの」

同僚のひとりが嬉しそうに言う。他のみんなも同じ気持ちのようだ。

「それで？　芳崎さん、ご息女だったわけ？　あっ、つまり、野本さんの家がお金持ちだったってこと？」

システム部のみんなは、すでに拓海と真子が兄妹だったということを知っている。奈々子が言ったように、システム部は人数が少ないせいか、他の部署よりも団結力が強い。それが真子を含めたみんなの自慢だったりもする。

「そういうことです」

「あらま。野本さんの人気、また上がるわね」

「ねぇねぇ、ちょっとぉ」

同僚のひとりが、顔を輝かせて真子に身を寄せてきた。

「芳崎さん、その指輪。まさか本物？」

彼女は真子の左手を指さして言う。全員の目が、真子の左手の薬指に嵌《はま》った指輪へ向いた。その一瞬後、更衣室内にどよめきが上がる。みんなの驚きは凄《すさ》まじかった。

「それって、もしかして婚約指輪!?」

「ええーっ！　よ、芳崎さん、あなた専務さんと婚約したの？」

「したんですよ」

興奮状態の同僚たちを笑いながら、深田が答える。

「しかも、お父さんの籍に入ったので、今日からこの子は野本真子なんでーす」

「ええーーーっ！」

深田と奈々子が次々と暴露し、更衣室中は大騒ぎになった。

ようやく静まってきたところで、年嵩《としかさ》の同僚が考え込むように口を開いた。

「けど、その指輪を嵌《は》めたまま、仕事をするの？」

その指摘に真子は顔を曇らせた。実は真子もそう思っていたのだ。けど、外すという選択もできなくて、ちょっと困っていた。

「あの……やっぱり、ダメですか？」

「ダメ……ってわけじゃないけど」

「うーん、さすがに大きすぎるよね。仕事中につける石の大きさじゃないかも」

奈々子がそう意見すると、他の同僚たちも同意して頷く。

そうよね。やっぱり、この指輪をつけたまま仕事をするのは、やめたほうがいいわよね。

でも、外している間、どこに置いておけばいいんだろう？　もし失くしたりしたら……

「別にいいんじゃないですか？」

考え込んでいたら、深田がみんなに言う。

「だって婚約指輪なんですよ。仕事中に身につけてても、問題ないと思いますけど」

その深田の発言に、「わたしもそう思うわよ」と、別の同僚が賛成する。

「わたしだって、婚約中は嵌めてたし……まあ、そんな大きな石じゃなかったからだけど……」

真子の指輪を見て、その同僚は笑う。

そこで仕事が始まる時間になってしまったので、結局、この話はうやむやのまま打ち切られた。

仕事を開始したものの、真子は指輪のことが気になってしまい、なかなか仕事に集中できない。指輪を気にせずにいようと思うのだが、キーボードを叩いているとキラキラしたダイヤが目に飛び込んでくる。そうなれば、どうしたって気になってしまう。

おまけに、今朝の更衣室での話が伝わったのか、システム部の同僚たちの視線も感じるし……仕事で話をしているときも、指輪をちらちら見られて……恥ずかしくて堪《たま》らない。

「真子先輩」

いたたまれなさを感じていたら、深田が話しかけてきた。

「はい？」

「そんなに気になるなら、仕事のときだけ外したらどうですか？」

「……そうね。そうしようかしら……」

そうだ。仕事の間は、和磨さんに預かってもらったらどうだろう？　それだったら安心だわ。

「けど、専務さんは指輪を嵌めてて欲しいでしょうねぇ」

それはそうだろうと思う。わたしだって、何も問題がなければ身につけていたいもの。この指輪には、和磨さんの思いが、愛が詰まってるんだもの……

「それとは別に、普段使いのやつを買ってもらったらどうですか？」

指輪を見つめていたら、深田がそんなことを言う。

「普段使いのやつ？」

深田は「そうそう」と頷く。

「専務さんなら、ちゃんと説明すれば、もう一個どころか何個でも買ってくれますよ」

「深田さんったら」

真子は笑った。深田にかかると、どんな問題も軽く解決してしまうようだ。

「深田さん、ありがとう。心が軽くなったわ」

「どういたしまして」

そのあとは仕事もはかどり、真子は深田に感謝した。

## 2 動揺にショック ～和磨～

「新山《にいやま》さん、どうしてるんでしょうか？」

和磨と一緒に、専務室で昼飯の弁当を食べていた真子が、考え込みながら口にした。

「何も連絡はないし、上手《うま》くやれてると思うぞ」

「そうですね。新山さん優秀だし、きっと上手くやれてますよね」

真子は笑顔で頷く。

新山恵美《めぐみ》は、先週まで真子と同じ部署にいた同僚だ。彼女は今日から本社勤務になっている。異動先は、元々和磨が手掛けていた本社のプロジェクトチーム。現在、和磨の従兄弟《いとこ》である高杉智慧《たかすぎともえ》が指揮を執《と》っている職場だ。

以前より、智慧から和磨の抜けた穴を埋める有能な人材を寄越せとせっつかれていたので、新たに新山を入れたのだ。新山のことを気にかけている真子には言えないが、この異動が吉と出るか凶と出るか、まだわからない。けれど、人選には自信があった。新山なら、女性を軽視するきらいのある智慧と渡り合えるに違いない。そして、智慧に大きな影響を与える気がする。和磨はそれが楽しみでならなかった。

ただ、真子の仕事を補佐していた新山が急にいなくなったため、一時的に拓海が真子の仕事を手伝うことになった。実は、和磨が改造企画部に引き抜くまで、元々拓海が真子と組んでやっていたのだ。だから誰よりも適任だし、妹を溺愛している拓海は、真子の手伝いができて嬉しいようだ。だが、これはあくまで一時的な処置だ。このまま続ければ、拓海の負担が大きくなってしまう。

新山に代わる、そこそこ有能な人材を本社から引っ張ってくることはできるのだが、真子の側に置くなら女性が望ましい。だが、和磨の人材バンクには女性がいない。父親の真人《まひと》か、本社の知り合いに頼んでもいいのだが……。あまり借りは作りたくないしな……。

和磨は思案しながら、美味《おい》しそうに弁当を食べている真子を見つめた。

もぐもぐ口を動かしている真子は、なんともいえず可愛い。その唇を舐《な》めたい欲求が抑えられなくなりそうになったところで、それを察知でもしたのか真子が和磨に視線を向けてきた。

和磨は咄嗟《とっさ》に話題を探す。

「新山がいなくて、仕事が大変なんじゃないか？」

「まだ大丈夫です。先週のうちに、新山さんと溜まっていた仕事を片付けたところでしたから。それに、午後には野本さんが来てくれることになってますし」

　そう言った真子の表情が、少しずつ曇っていく。

「でも野本さん、自分の仕事の他にわたしの仕事までなんて、無理をするんじゃないかって……」

　そんなことはないと言えればいいのだが……嘘はつけない。和磨は「そうだな」と肯定した。

「や、やっぱり、わたし一人で頑張ってみます」

「いや、それはやめておけ」

「どうしてですか？」

「君が奴の心配をするのと同じだけ、あいつも君の心配をしてる。……そして俺はどっちも心配だ。安心しろ。拓海が無理をしないように、俺も注意しておくよ」

「和磨さん。……ありがとう」

　真子に感謝されていい気分になった和磨は、真子に顔を寄せた。

「礼なら、こっちにくれ」

　唇をつき出して催促したら、ぺちんと額《ひたい》を叩かれた。

「なんだ。君の礼の気持ちはこんなものか？」

「拗《す》ねてもキスしませんからね」

　ぷいとそっぽを向く真子も可愛い。

　そんな真子を眺めつつ、和磨は試食の弁当を食べ終えた。さっそくアンケートを書き込む。

　改装中の社員食堂が完成するまで、弁当のデリバリーをすることになった。この弁当はその試食品だ。真子の所属するシステム部を始め、今週から順番に社員たちにもこの弁当の試食をしてもらっている。試食を終えたら、全員にアンケートを書いてもらうことになっていた。

真子も食べ終わり、アンケートを書き始める。弁当についてふたりして意見を出し合うのは楽しい。だが、楽しい時間はあっという間に過ぎ去るものだ。

「それじゃ、わたし、そろそろ戻りますね」

時計を確認した真子が、そわそわしながら切り出してきた。和磨は立ち上がろうとする真子の邪魔をして、その身体を抱き締める。いいな、この柔らかさ。和磨は真子を抱く腕に力を込めた。

「……和磨さん」

「わかってる。もう仕事の時間だな」

仕事は好きだが、真子との時間はもっと好きだ。

早く夜にならないだろうか？　そうしたら、あんなことやこんなことを……

「あの、和磨さん」

「うん？」

頭の中で淫《みだ》らなことを思い描いていた和磨は、真子に目を向けて固まった。

なんと真子は、薬指に嵌《は》めていた婚約指輪を、なんの躊躇《ためら》いもなく、さっと抜き取ったのだ。しかも、それを和磨に差し出してくる。

「これ、預かっておいてくれませんか？」

「……どうして？」

信じられないものを見た和磨は、ひどく動揺し、それしか言えなかった。真子はといえば、そんな和磨の反応に驚いている。

「あ、あの……？　和磨さん？」

動揺から覚めると、和磨の中に激しい怒りが湧き上がった。

「なんで外した！　なんで外せる？」

怒りのまま、和磨は大きな声で怒鳴った。

和磨の怒りを受け、真子の顔からは血の気が引いている。それがわかっても、込み上げてくる怒りは収まらない。

「あ……こ、これ……その……や、やっぱり凄《すご》く目立つみたいで、それでみんなから注目されるのが、は、恥ずかしくて……そ、それで……」

恥ずかしい？　俺が愛を込めて贈った指輪が恥ずかしい？

この指輪を贈ってからずっと、真子は肌身離さずつけてくれていた。俺はそれが、本当に嬉しくて……なのに……

怒りの底にあるのは、哀しみだった。この指輪は俺の愛そのもので……真子にとってもそうだと思っていたのに……。なぜ、そうもあっさり指から外してしまえるんだ？

「大事な指輪だし……仕事中にぶつけて傷つけるのも嫌だし……かといって外して持っていたら失くしそうだから、和磨さんに預かってもらうのが一番だなって思って……」

真子が指輪を外したショックがあまりに大き過ぎて、和磨の耳に彼女の言葉は入ってこなかった。

和磨は怒りに任せ、真子が手にしている指輪を取り上げた。

「かっ、和磨さん？」

真子は呆然と和磨を見上げてくる。和磨は真子から顔を背けると、立ち上がって彼女から離れた。

こんな態度を取っては、真子が傷つくと頭ではわかっている。だが、怒りに囚《とら》われているいま、自分を制御することができない。

憤《いきどお》りを抑えられずに背を向けていたら、背後で真子の立ち上がる気配がした。

真子はそのまま何も言わず部屋から飛び出していく。

ひとりになり、和磨は額《ひたい》を押さえた。その手には小さな硬い物がある。

和磨は、ゆっくりと手を開いた。手のひらに転がる指輪を見つめ、胸が塞《ふさ》ぐ。

和磨は痛いほど指輪を握り締め、椅子に身を投げ出すように座り込んだ。


どのくらいぼおっとしていたのか、誰かが専務室のドアをノックする。

「野本です。いまよろしいでしょうか？」

野本か……まったく、よろしくない。

そのまま黙っていたら、「失礼します」と勝手にドアを開けられた。顔を覗《のぞ》かせた拓海は、なぜか面白そうに口元を歪めている。

まるで和磨の様子を観察するように眺めながら、拓海は机の手前まで歩み寄ってきた。

「誰も入っていいとは言っていないぞ」

「入って来るなとも言われませんでしたが？」

「出て行け。いまはお前の相手をする気分じゃない」

「何をそんなに怒っているんです？」

「君には関係ない」

「そうかな。貴方《あなた》と真子が別れてくれれば、僕としては万々歳《ばんばんざい》です。ちっとも無関係じゃない」

「俺たちは別れたりしない！」

拓海の言い草でさらに怒りが煽《あお》られ、和磨は指輪を握り締めている拳《こぶし》を思い切り机に叩きつけた。

「なんだ。これでようやく真子と一緒に住めると喜んだのに……」

「拓海、こっちは、そんな冗談に付き合う気分じゃないんだ」

「そうか」

急に拓海が口調を変えた。いままで愉快そうに和磨を見ていた表情を改め、真顔で、「なあ、和磨、何があったんだ？」と聞いてくる。

「真子に聞いてきたんじゃないのか？」

「いや。ただ、システム部に戻ってきた真子が、泣きそうな顔で島津さんに取り縋《すが》って……いま更衣室に籠《こも》ってる。兄としては、いったい何があったのか、お前に問い質《ただ》さないわけにはいかない」

「……言っとくが、俺は何もしていないぞ」

「本当か？」

「疑わしげに言うな。こっちは傷心中なんだ」

「傷心中ねぇ。それでいったい何があった？　いや、真子が何をやったっていうんだ？」

「なんだっていいだろ？　もう出て行ってくれ」

「そう言われても、真子のことが心配で、放っても置けないんだよな」

「俺のことも少しは心配しろよ」

「何を拗《す》ねてんだ。らしくないぞ、和磨」

その言葉にむっとしたが、確かに、こんなのは俺らしくない。そう思ったら、少し冷静になれて、いくぶん憤《いきどお》りが静まった。

和磨は座ったまま拓海に右手を差し出し、その手を開いた。

「うん？　指輪？　それって……あれだよな？」

「そうだ。真子に贈った婚約指輪だ」

「真子が指輪を返すなんて……お前いったい真子に何を言ったんだ？」

「だから俺は何も言っていない！　……この指輪が恥ずかしいから、預かっておいてくれって……真子が言い出して」

「ははあ、確かに大きなダイヤモンドだからな。仕事中につけてたんじゃ悪目立ちするだろう。きっと職場の同僚にからかわれたりしたんじゃないのか？　……で、お前は何を怒ってるんだ？」

和磨は拓海に呆れた。

こいつ、ここまで言ってもまだわからないのか？

「決まってるだろ。この指輪を外したことだ。しかも、なんの躊躇《ため》いもなくだぞ」

口にしながら気持ちが沈んでしまい、和磨は肩を落として指輪を見つめた。

「この特別な指輪を……なんの躊躇《ためら》いもなく、俺の目の前で……外されたんだぞ」

「そういうこと……か」

またからかってくるのかと思ったが、拓海は笑いもせずに和磨を見つめてくる。居心地が悪い。

「なんだ？　言いたいことがあるならはっきり言えよ」

「真子もショックを受けてるぞ。まさか指輪を外したせいで、お前がそれほどまでに怒るとは思わなかっただろうからな。わかっていれば、絶対に外したりしなかったさ」

「……こんなことにこだわる俺がおかしいのか？」

「いや、そうは言わない。ただ、客観的に見て、仕事中に嵌《は》めるには、やっぱりその指輪は不適切……というか、高価過ぎるな」

「……この指輪を選んだのが間違いだったって言うのか？」

「そんなことあるわけないだろ」

「……なら、どうすればよかったんだ？」

「お前なぁ」

「なんだ？」

「いいから、今日仕事が終わったら、ふたりで宝飾店に行け。それで、普段真子が気兼ねなく身につけていられるような、もっと安い指輪を買ってやれよ。その指輪は、このままお前が預かっておけばいいいさ」

「真子に贈ったものなのにか？」

「高価すぎるんだ。真子の気持ちになって考えてやれ」

そう言われても、和磨は納得できず、上手《うま》く気持ちを収められない。

「とても大事なものだからこそ、真子はお前に預けたかったんだと思うぞ。簡単に外したからって、どうでもよかったわけじゃないさ」

そうなんだろうか？　そう思いたいけれど、拓海の言葉は和磨の心をすり抜けていく。

こんな風に動揺するのは初めてで、和磨はそんな自分に対してもショックを受けていた。

「真子を呼んできてやろうか？」

拓海が気遣うように申し出てくれたが、和磨は首を横に振った。

そろそろ昼休憩が終わるし、真子と話すのは、もう少し冷静になってからにしたほうがよさそうだ。

和磨はスーツの胸ポケットに指輪を落とし、仕事の顔に戻った。

「仕事に取りかかろう」

拓海は頷き、すぐに部屋から出て行った。

## 3　必要な諍《いさか》い　～真子～

「ああ、もおっ。ほら、あんたがぐずぐずしてるから、仕事が始まっちゃったわよ」

奈々子から責めるように言われ、真子は肩を落とす。

専務室を飛び出したあと、奈々子に泣きついた真子は、そのまま更衣室に連れて来られた。

奈々子に事情を説明したら、あんたが悪いと叱られた。すぐに謝りに行けと言われたけど……

和磨さんと顔を合わせるのが怖い……この世が終わったような気分だ。

あのとき、和磨の心が自分から離れてしまったのを、強烈に感じた。

後悔があとからあとから湧いてきて、胸の中で荒れ狂ったように渦巻《うずま》いている。

なんでわたし、あんな風に何も考えず指輪を外しちゃったんだろう？

指輪は和磨に預かってもらえばいいと考えついて、単純にそれが一番いいと思ってしまった。

それがまさか、こんなことになるなんて。

和磨さんがあんなにもショックを受けるなんて……あんなにも傷つくなんて思いもしなかった。

わかっていれば、決して指輪を外したりしなかったのに……

だけど、いまさらだ。やってしまったことは、なかったことにはできない。どんなに後悔しても遅いのだ。

指輪を外した瞬間の和磨の顔は、いまも脳裏に焼きついている。強い怒りと痛み。そして深い哀しみが刻まれていた。

このまま許してくれなかったらどうしよう？

絶望に捉《とら》われる。

「ほらほら、真子。しゃんとして。とにかく職場に戻るよ」

「う、うん」

奈々子に急《せ》き立てられるまま、真子は更衣室を出てシステム部に戻る。

そこで真子は、自分の席の隣に拓海の姿を捉えた。拓海の姿を見て、ほっとする自分がいる。彼なら、この現状をなんとかしてくれるんじゃないかという期待が胸に湧く。

「真子、大丈夫か？」

席に着くと、横から小声で尋ねられた。

真子は仕事に取りかかりながら、俯《うつむ》きがちに頷く。

「和磨と話してきた」

そう言われて、拓海のほうを向いた。期待する気持ちと不安が、同じだけ込み上げる。

和磨さん、なんて言ってたんだろう？

「そのうえで言う。大丈夫だ」

本当だろうか？　信じたいけど……

「だから安心して仕事をしよう。なっ？」

気遣ってくれる拓海に感謝の気持ちが湧く。そうだよね。忙しい合間を縫って、手伝いに来てくれてる野本さんに、これ以上心配かけちゃダメよね。真子は拓海に向けて頷いた。

いまは気持ちを切り替えて、仕事をしなきゃ。

真子は拓海を安心させようと、少し無理をして微笑み、そのあとはしっかり仕事に集中した。

「よし、今日のところはこれで抜ける。あとは大丈夫だね？」

「はい。野本さん、ありがとうございました」

拓海が手伝ってくれたおかげで、今日の仕事をかなり進めることができた。

「それじゃ、仕事が終わったらすぐに仲直りしろよ」

真子はこくりと頷いた。そうできればいいんだけど……

拓海は真子のことを気にしつつ、改造企画部の自分の仕事に戻って行った。


「真子先輩」

仕事が終わり、更衣室で帰り支度をしていると、深田が声をかけてくる。

「専務さんと、喧嘩《けんか》しちゃったんですか？」

「まーこ」

深田に答える前に、奈々子がやってきた。

「あの……さっきはごめん」

「そう言うってことは、少しは落ち着いた？」

「……そう、でもない」

真子が正直に答えると、奈々子は「あらら」とコケる真似をする。

「真子先輩……指輪……専務さんに預けたんですか？」

真子の左手の薬指を見つめて、深田が聞いてくる。

「はい。深ちゃん、そこ、追及しない」

「だ、だって気になりますよぉ」

深田が焦ったように言ってくるが、奈々子はそれ以上言わせず真子のほうを向く。

「とにかくさ、あんたは、きちんと専務さんに謝りな」

「うん」

謝るしかないよね。でも、できてしまった溝を、埋めることができるのかなぁ？

心許《こころもと》ない気持ちのまま、真子は更衣室のドアに向かった。

「真子、頑張りな！」

奈々子に激励され、真子は振り返って微笑んだ。

「ありがとう。頑張るね」

更衣室を出ると、廊下にはすでに仕事を終えた同僚たちがたくさんいる。

なんだか、みんなに注目されてる気がするんだけど……これって気のせい？

落ち着かない気分を味わいながら、真子は専務室の手前で立ち止まった。

頭の中は、和磨にどう謝罪するかでいっぱいだ。なのに、専務室を前に、あと一歩が踏み出せない。

「真子」

そのとき、背後から急に呼びかけられて、真子はどきっとした。

ぎこぎこと首を後ろに回すと、そこに和磨がいる。てっきり専務室にいると思っていたのに……

「仕事終わったのか？　もう帰れるか？」

和磨がそう聞いてきて、真子はぎこちなく頷いた。ふたりの間に、ギクシャクした雰囲気が漂《ただよ》っているのを強烈に感じる。

　互いに口をきかないまま駐車場へ行き、和磨の車の助手席に乗り込んだ。

「これから、指輪を買いに行こう」

「えっ？」

「君が、日常、負担なく身につけていられるような指輪を……」

　そ、それって……わたし、和磨さんに愛想をつかされていないってこと？　あんな風に婚約指輪を外してしまったこと、もう怒ってないの？

「あ……は、はい」

　胸にある問いを口にすることができず、真子はただそう返事をした。

　和磨はそれ以上何も言わず、車を発進させる。

　どうしよう？　何か言わないと……なにより謝らなきゃ。

　焦って自分をせっつくが、静まり返った車の中で言葉を口に出せない。

　ダメだ、わたし……なんでこんなに意気地《いくじ》がないの？

　自分に対して怒りが込み上げ、真子は和磨のほうを向いて口を開こうとした。だがその瞬間、「悪かった」と和磨が言った。

　わ、わたしが謝らないといけないのに……

「指輪のこと、俺の配慮が足りなかった。あんな大きな石のついた指輪……確かに仕事中に身につけるものじゃないよな」

和磨は苦笑まじりに口にする。けれど……彼が、まだ心にわだかまりを残しているのが伝わってくる。

どうしたらいいの？　どうしたら、ふたりの間にあるわだかまりを消すことができるの？　できてしまった心の溝を、どうやって埋めればいいの……？

「まだ怒ってるのか？」

和磨がひどく硬い声で問いかけてきて、真子は驚いて和磨を見た。

「お、怒ってません、わたし……」

「本当か？」

「はい。あの……わたしのほうこそ、ごめんなさい」

「参ったな」

和磨はそう呟《つぶや》いて黙り込む。『参った』という言葉を、どういう意味で彼が口にしたのかわからず、不安と動揺でどうにかなりそうだ。

「俺はその……」

和磨は何か語ろうとして、再び黙り込んでしまった。

この沈黙がいたたまれない。胃の辺りがシクシクする。

「和磨さん、わたしに言いたいことがあったら、なんでも言ってください。お願いします」

真子は頼み込むように言う。

「真子」

「お願いします！」

「……帰ってからにしよう」

「えっ？　で、でも……」

「まだ気持ちの整理がついていないんだ。だから……もう少し待ってもらっていいか？」

整理がついていないという言葉に、かつてない不安が膨れ上がる。けれど、待ってほしいと言われて、嫌だとは言えなかった。真子はただ、「はい」と頷いた。


和磨が向かったのは、以前ふたりで買い物に来たことのあるショッピングセンターだった。

「宝飾店は三つあるな。ここと、ここと、ここ。真子、どこがいい？」

案内板を前に、和磨は宝飾店のある三ヶ所を指さして尋ねてくる。

「あの……お店を見に行ってから、決めてもいいですか？　店の名前だけでは、どんなところかわからないし」

「それもそうだな。それじゃ、一番近いここから行ってみるか？」

「はい」

和磨が歩き出し、真子は彼についていく。いつもの和磨だったら、当たり前のように手を繋《つな》いでくるのに、いまはそれもしてくれない。自分から手を繋ごうかとも思ったが、とてもそんな勇気は出なかった。

和磨さんの心の中が見えたらいいのに……

彼が何を考えているのかわからなくて、不安ばかりが募《つの》ってくる。

「ここはどうだ？」

煌《きら》びやかな宝飾店を前にしているというのに、真子の心は沈んでいく一方だ。ショーケースの中で輝いている指輪たちも、少しも真子の心を動かさない。

こんなんじゃダメだ。和磨さんから指輪を買ってもらうのに、こんな気持ちでいたんじゃダメだ。

ふたりの間に転がっている、このわだかまりを解消できないうちは、指輪なんて買ってもらえない。

追い詰められた胸に痛みがさす。涙が込み上げそうになり、真子は口元を強張《こわば》らせた。

「真子」

和磨に呼びかけられたが、真子は返事をすることができなかった。心とともに喉《のど》まで萎縮してしまい、声が出てこない。

和磨さんはこんなに近くにいるのに、なんて遠いんだろう。

「か……」

帰る、と言うつもりだった。けれど、震える喉は、言葉を紡《つむ》ぐことができない。

「真子？」

床を見つめた真子の瞳から、堪《こら》えきれずに涙の粒がぽとんぽとんと滴《したた》り落ちる。

そんな真子の肩を、和磨がそっと抱いてきた。

「出直そう……」

真子は頷いた。

車の中では、どちらも口をきかぬまま、ふたりの住むアパートに着く。

真子は、どうしてかアパートの中に入りたくなかった。それが何故かはわからない。けれど漠然と、恐れる何かと直面しなければならないような気がしたのだ。

和磨が、鍵を開けるように仕種《しぐさ》で促《うなが》してきたが、真子は玄関の前に立ち竦《すく》んでしまう。

「真子?」

和磨が微《かす》かに苛立った様子で名前を呼んだ。彼の苛立ちに触れて、真子はほんの少しだけほっとした。和磨の感情に触れられたからかもしれない。先ほどまでの和磨は、真子に心を閉ざしているように感じられて、怖かったのだ。

「ごめんなさい」

やっと口にした声は、ひどく掠《かす》れていた。

「とにかく、入ろう」

和磨は硬い声で口にする。真子は頷き、バッグの中から鍵を取り出した。

部屋の中に入ると、和磨はすぐにスーツの上着を脱ぎ、ベッドの上に置いた。そして背を向けたまま、いつまで経っても動かない。

真子はそんな彼の後ろにいて、和磨が気持ちを話してくれるのを待った。だが、真子を拒絶しているような和磨の背中を見ているうちに、その願いは叶わない気がしてくる。

いたたまれなくなった真子は、何か言おうとして口を開けた。なかなか言葉を出せず、何度か息をし、やっと言葉を絞り出す。

「わたしは……」

ひどく声が掠れてしまい、真子はごくりと唾《つば》を呑み込む。

どうすればいいんですか？　と、続けるつもりだった。けれど本当は、そんなことが言いたいわけじゃなかった。心の中でぐるぐる渦巻《うずま》いている言葉は……

「わ、わたしのこと……嫌わないでっ！」

悲鳴のような声になった。和磨がひどく驚いた顔で振り返る。

「嫌わないで！」

真子は懇願するようにまた叫んだ。喉元《のどもと》に熱い塊《かたまり》があり、苦しくてならなかった。

和磨が手を伸ばし、痛いほど強く真子を抱き締める。彼は真子の涙が枯れるまで、ずっと抱き締めていてくれた。


真子が泣きやんだのを見て、和磨は真子を抱いたままソファに腰かけた。

「俺が……」

そう口にしたものの、和磨はしばし言葉を止めてしまう。

「和磨さん？」

沈黙に耐えられず、真子は催促するように呼びかけた。和磨はわかったと頷く。

「ずっと、ひとつの思いが……胸の奥に、あったんだ……」

和磨はそう言うと、真子に回した腕に、さらに力を込めた。身体を締め付けられて息が苦しかったが、その苦しさが、いまの真子には嬉しかった。

「僕は、君に一目惚れした。君を見た瞬間、心のほとんどを奪われた気がした……」

真子は身体の前に回された和磨の腕を抱え上げて、ぎこちなく頬を寄せた。

「こんなことを考えるのは、馬鹿馬鹿しいと思う。だが、どうしても心から離れない。僕が君を思うほど、君は僕を思っていないんじゃないか……ってね」

「そんなこと！」

叫んだ真子の言葉を遮《さえぎ》るように、和磨は真子の唇に触れる。

「……わかってる。ひとの心なんて測れるものじゃない。思いを比べるなんてことに、意味がないことはわかってるんだ。でも、その考えが取りついて離れない。……おまけに、僕と同じくらい君にも愛して欲しいなんて望んでるんだ。……なんて愚《おろ》かなんだろうな」

和磨は真子の片手を取り、肩越しに彼女の手の甲に唇で触れた。

いま、和磨になんと声をかければいいのか、真子にはわからなかった。

和磨の言うように、ひとの思いなど測れはしない。わたしの愛だって、和磨さんに負けないほど大きいと言いたかった。けれど、そんなことを口にしても、意味がないのだろう。

「君が指輪を躊躇《ため》らいもなく外したとき、その思いが急激に膨らんでしまったんだ。どうしようもないくらいの怒りと、いつか君は僕から離れていくんじゃないか、そんな恐れまでが湧いた」

「わたしも、怖かった。あの瞬間、和磨さんの心がわたしから離れていったのが、はっきり伝わってきたから……」

「ごめん。僕が馬鹿だった」

真子は首を左右に振って、和磨の言葉を否定する。

「わたしが指輪を外したせいです。あの……指輪は？」

真子は、躊躇いながら指輪について口にした。

指輪はまだ和磨の手にあるはずだ。一刻も早く、真子はそれを自分の手に取り戻したかった。

「スーツのポケットだ」

和磨は立ち上がり、ベッドの上に無造作に置いてある上着を取り上げる。そして取り出した指輪を摘《つ》まんで、じっと見つめた。

落ち着かない。それを早く返してほしかった。でも、口に出せない。

「確かにでかいな……こんな物を指に嵌《は》めて仕事をするって……どう考えてもないよな」

和磨は表情を変えず、どこか納得したように言う。真子の胸に、ピシッと痛みが走った。

「和磨さん」

焦って呼びかけると、和磨は真子を振り返る。

「これは、しまっておこう」

「えっ？」

真子は、驚いて声を上げた。

「物に囚《とら》われるつもりなどなかったのに、僕はこの指輪に意味を持たせすぎた。真子、こいつの箱は？」

急激に苛立ちが湧いた。和磨はひとりで決めつけすぎだ。

「勝手に決めないで！」

憤《いきどお》った心のまま怒鳴ったら、和磨が驚いたようにこちらを見た。

「真子？」

「わたしは……わたしは、その指輪がとても大事だから、和磨さんに預かって欲しかったんです。指輪を外すのを躊躇《ためら》わなかったのも、和磨さんの手に預けるからで……だから……だから……」

真子は和磨の手から指輪をひったくるように取り上げると、自分の指に嵌《は》めた。そして、ぽろぽろと涙を零《こぼ》しながら、和磨を睨《にら》みつける。

「和磨さん、勝手にわたしの気持ちを決めつけないで！　わたしのほうが、和磨さんのこと愛してる！　絶対にそう！　わたしの人生に突然現れて、わたしのことさんざん翻弄《ほんろう》して……ひとの心の中に勝手に住み着いて……なのに……バカッ！」

真子は腕を振り上げ、憤りをぶつけるかのように和磨の胸に叩きつけた。勢いに押されて和磨が後退《あとずさ》ったが、真子は和磨の胸を叩き続けた。

「はあ、はあ、はあ」

感情に駆られるまま、和磨に憤りをぶつけていた真子だったが、やがて疲れ果て、手を止めた。肩で息をしながら和磨を見上げる。

「ごめん」

和磨がぽつりと言った。

驚いてまじまじと見つめると、和磨がそんな真子の瞳を覗《のぞ》き込んでくる。

「勝手に傷ついて、勝手に決めつけて……君の気持ちを考える余裕もなかった。ごめん」

「和磨さん……」

和磨がそっと抱き締めてきた。真子はしがみつくように和磨を抱き締め返す。和磨の体温が伝わってきて、ようやく真子の不安は消えた。

よかった。本当によかった。もうこのままずっと抱き合っていたい。和磨さんを離したくない。愛してる。和磨さん……

初めての仲違《なかたが》いからこうして仲直りできたことに、ほっとすると同時に甘い気持ちが込み上げてきた、そのとき……

「腹が減ったな」

すっかり甘い気分に浸《ひた》っていた真子は、その台詞《せりふ》にポカンと口を開けた。

「どこかに食べに行くか？」

胸がムカムカしてきて、真子は和磨を睨みつけた。乙女心を踏みにじられた気分だ。

「行きません！」

怒鳴りつけるように言えば、和磨は眉を上げる。

わたしの気持ち、ぜんぜんわかってくれてないんだからっ！

「なら、何か作ってくれるか？」

性懲《しょうこ》りもなく和磨は言う。

「作らないっ！」

反射的に怒鳴った真子は、和磨から離れてベッドに突っ伏した。

八つ当たりだとわかっていても、言葉を止められない。

「わたしは絶対作らない！　食べにも行かない！　和磨さんの勝手にすればいいわ！」

「わかった」

和磨はあっさりと受け流す。

真子は驚いて和磨を見た。彼はそのままキッチンに入って行ってしまう。

ベッドに伏せた状態で、真子は聞き耳を立てる。するとまもなく、調理をしているらしい物音が聞こえてきた。本当に自分で作ることにしたようだ。

もおっ、ほんと和磨さんってよくわからない。

真子は疲れを感じて、ため息をついた。

今回のことは、これで決着がついたと思っていいのかな？

言いたいことを和磨さんにぶつけたおかげで、わたしの胸に巣食っていたもやもやは吹き飛んでしまってる。

それがよかったのかな？　この諍《いさか》いは必要なものだった？

……そうか、そうよね。お互いに、このわだかまりを胸に秘めてしまったら、いつかどこかで爆発していたに違いないもの。つまり、これは必要なものだったんだ。

真子はむくりと起き上がり、ドアのところから和磨を窺《うかが》った。

和磨は狭いキッチンをきびきびと動き回っている。和磨の表情も、すっきりしてるみたいだ。

真子は足音を忍ばせて和磨に近づき、彼の背中に抱きついた。和磨は、まったく気に留めずに夕食の支度を続ける。

あちらこちらと動き回る和磨に、真子はくっついて歩いた。和磨の香りを胸いっぱいに吸い込んで、しあわせ気分を満喫していた真子だったが、だんだんそれだけでは物足りなくなってくる。真子はタイミングを見計らって、するりと和磨の前に回り込むと、ぎゅっと抱きついた。

「真子。これじゃあ、手を動かせない」

和磨の言葉を、真子は無視する。

「なら、いいさ」

和磨がそう言った次の瞬間、真子は和磨に抱え上げられていた。

「か、和磨さん」

「このままベッドに行こうか？　それとも一緒に風呂に入るかな？」

和磨の言葉は、真子にではなく、自分に向けてのものだ。

「か、和磨さん、お腹空《す》いてるんでしょう？」

にわかに慌《あわ》てふためいて足をばたつかせる真子を、和磨は楽々とベッドのある部屋へと運んでいく。

「空腹感には、色々種類があるのさ」

真子をベッドの上にどさりと落とした和磨は、彼女の瞳を覗《のぞ》き込んでにやりと笑う。

その笑みは悪どくて、物凄《ものすご》く怖かった。

「わ、わ、わたし、お腹空いたみたい。夕食の準備を……」

急いで起き上がろうとする真子を、和磨は乱暴にベッドに押し戻す。

「君が仕掛けたんだぞ。責任を取ってもらおうか」

真子は、乗り上げてくる和磨の身体の重みをこれでもかというほど感じた。

「それじゃ、夕食を……」

「ああ、たっぷりと食べさせてやろう、この俺を……な」

和磨はさらに悪どい笑みを広げる。

和磨の欲望は、もう目的を果たすまで消えはしないだろう。

唇を塞《ふさ》がれ、息もつけぬ濃厚なキスに、頭がぼおっとなる。

「はあ、はあ、ん、はあっ」

ようやく唇が離れ、真子は喘《あえ》ぐように息をする。すると胸の先端に性的な興奮を呼び起こす刺激が走った。いつの間にか、和磨の手が真子の服の下に入り込んでいる。それだけでなく、ブラの中にまで潜り込んでいた。敏感な部分に直接触れられ、真子は身を固くする。

「感じるか？」

「そ、そんなこと、く、口にできません」

顔を赤らめて、真子は反抗するように言った。すると、まるで懲《こ》らしめるみたいに、和磨は指で真子を攻め始めた。

「ああん……や、やめ……はあん」

止めようもなく艶《なま》めかしい声が出てしまう。口を塞ぎたいが、和磨に腕ごと身体を押さえつけられているせいで、それもできない。

「か、和磨さん」

「なんだ？」

「な、なんだじゃないんです。……ううっ。や、やめ……てぇ」

「どうして？　やめる必要なんてないだろう？」

「だ、だって。んんっ、はああん……」

「いいなぁ。その声……最高に煽《あお》られる」

煽るつもりはありませんと言ってやりたいが……もうそれどころじゃない。

淫《みだ》らに昂《たかぶ》っている自分が恥ずかしいのに……この昂りに身も心も任せてしまいたくなる。

「ほら、もう降参しろ。まあ、抵抗されるのも美味《おい》しいが……」

和磨はそう言って、真子の服を首元までたくし上げた。ずれたブラジャーが視界に入り、真子は目を剝《む》いた。片方の膨らみが完全に和磨の目に晒《さら》されてしまってる。

「ああっ……」

カッと血が上り、顔が真っ赤になる。和磨はといえば、憎たらしいことに真子がじたばたもがく様子を楽しんでいる。真子は和磨を睨《にら》みつけた。

「君が何をしても興奮を煽《あお》られるな」

そう言った和磨は、すでに硬くなった真子の乳首を口に含んだ。舌でころころと転がされ、身体の中に淫《みだ》らな熱がこもり始める。秘部に困った感覚が生じ始め、真子は太腿にぎゅっと力を込めた。

胸に与えられる快感に耐え切れなくなり、真子は和磨にしがみついた。すると和磨の熱く猛《たけ》ったものが太腿に押しつけられる。

「もう余裕ぶってられないな」

そう呟《つぶや》いた和磨は、真子の服を剥《は》ぎ取っていく。スカートを引き下ろされてしまうと、ショーツ一枚の姿だ。焦った真子は、下半身を両手で押さえて隠した。そのせいで、思いがけず胸の膨らみを強調してしまう。

和磨は、そんな真子の姿態を上から楽しそうに眺めている。

「恥ずかしいから、そんな風に見ないでください」

「俺からすれば、君が恥ずかしがる様が、堪《たま》らないんだが」

真子は和磨の目から逃れようと、両腕で胸を庇《かば》いながら身体を横に向けた。その瞬間お尻を撫《な》でられ、「ひゃん」と叫び声を上げてしまう。

「も、もおっ」

「そう言われてもな。君のお尻は、視界に入ると撫でたくなるんだ」

身を捻《ひね》って和磨の腕を掴《つか》むものの、和磨は真子のお尻を撫でるのをやめない。真子は、その手を避けようとまた仰向けになった。

和磨はベッドの上でジタバタする真子が面白いらしく、笑いながら覆いかぶさってきた。ぴったり身体を密着させ、和磨は真子の身体のラインを撫でる。ふたりの身体の間で真子のブラジャーはくしゃくしゃになった。

「わたしだけ、はだ……そ、その……和磨さんも……」

「俺も脱いでほしいのか？」

「もおっ、そんな明け透けに言わないでください。もっと言葉を選んで……」

「言葉をねぇ。……俺の裸体がそんなに見たいか？」

「そんなこと……」

「思ってない？」

からかうように言われてむっとした真子は、和磨のシャツに手を伸ばした。何も言わずにボタンを全部外し、彼の身体を押し返して身を起こす。そして和磨のシャツとインナーを脱がした。

上半身裸になった和磨を目にしたところで、真子はハッと我に返った。

つい勢いでやってしまったことに自分で動揺していると、和磨は「ズボンは？」と催促してくる。

「そ、そっちは自分でやってください」

「どうして？」

「ど、どうしてもです！」

「せっかくだから、脱がせてほしかったのに。仕方がないな」

もおっ、和磨さんったら。ズボンはハードルが高いんですっ！

心の中で言い返すと、和磨は真子の気持ちを読んでいるかのように、にやりと笑い、ズボンを脱ぎ捨てた。

お互い下着一枚の姿でベッドに座っているわけで、真子としては強烈に恥ずかしい。だが和磨はへっちゃらなようだ。

和磨は真子の身体を抱え上げるようにして、自分の膝に座らせる。

うわっ。こ、この体勢は恥ずかしいなんてものじゃない。わたしのあそこに、和磨さんの熱い塊《かたまり》が当たっている。

焦る真子をよそに、和磨はそのまま腰を前後させ始めた。真子の亀裂に固いそれを食い込ませるように、擦《こす》りつけられる。卑猥《ひわい》な水音がして、顔がかあっと熱くなる。

すでに潤《うる》み切っている秘部は、きっと和磨の下着を濡らしているだろう。そう考えるといたたまれない。

「か、和磨さん」

「うん？」

思わず名を呼ぶと、和磨は心ここに在《あ》らずという返事をする。和磨の表情は恍惚《こうこつ》としていて、身体の欲求に身を任せ、快感を味わい尽くそうとしているようだ。

真子は考えるのをやめることにした。

わたしも和磨さんが欲しい。和磨さんを味わい尽くしたい。

真子は自ら腰を動かす。すぐに気づいた和磨がそれに応じる。

「くっ。も、もう」

和磨はいったん身を離し、焦《じ》れたように避妊具を装着した。そして、再び真子を自分の膝に乗せる。

「えっ、こ、この体勢で……？」

「ダメか？」

そう言われると……

戸惑っている間に、和磨が真子の中に入ってきた。

「んんっ」

ううっ。な、なんか、回数を重ねるごとに、敏感になっていくというか……感じるようになってきた気がする。

自分の身体が、どんどん淫《みだ》らになっていくようで、恥ずかしさにもじもじしてしまう。

「大丈夫か？」

真子は和磨の胸に両手を添え、俯《うつむ》いたまま頷いた。

余裕がなさそうだった和磨に、気遣ってもらえたことが嬉しい。

和磨はほっとしたように息をつき、その直後、ぐっと腰を突き上げてきた。身体が持ち上げられると同時に、強烈な快感に見舞われ、真子の唇からあられもない声が漏《も》れる。

和磨が腰を引き、また突いてくる。突き上げられるたびに、意識が快楽とともに高みに上っていく。

「ああん、和磨さん」

「真子っ、もう！」

和磨は切羽詰《せっぱつ》まったように叫んだ直後、激しく真子を突き上げ始めた。

「はあっ、はあっ、ああん……んんっ！」

「はあ、はあ、ああっ！」

真子の喘《あえ》ぎに応じるように、和磨の息が荒くなる。

全身が快感に包み込まれ、どんどん高みに駆けあがっていくのを感じた。

「ああっ、も、もうダメっ！」

堪《たま》らず口から声が漏《も》れる。すると和磨が、真子の身体をぐっと抱え込み、繋《つな》がった部分を圧迫してきた。

次の瞬間、真子は和磨とともに、どことも知れぬ場所に放り出された気がした。

ふわりふわりと身体が揺れる。

「真子、愛してるぞ」

告げられた愛の言葉に心が満ちる。真子は和磨の身体に凭《もた》れかかり、「わたしも」と呟《つぶや》いた。

## 4　泣きそうな疼《うず》き　～和磨～

真子を美味《おい》しくいただいた和磨は、夕食は作っておくからと言って、真子を先に風呂に入らせた。

……色々あったが、終わり良ければすべて良し、だな。

遅い夕食の準備をしつつ、和磨は独り頷く。

真子との諍《いさか》いは、和磨にこれまでにない経験をさせた。

誰かと揉《も》めて、あんな感情を味わったのは初めてだった。怒りと恐れと不安……それに切なさや、もどかしさ。自分の中に、あんなにもたくさんの感情があったのかと驚いた。

真子と仲直りしたくて堪らないのに、感情が邪魔をして、なかなか歩み寄ることができなかった。

もちろん、それでよかったのだと、いまでは思う。

お互い本気で気持ちを言い合ったおかげで、心の底からすっきりできた。

それにしても、真子があんな風に大声で喚《わめ》くとはな……彼女の新しい一面を見た気分だ。

とはいえ、すべては丸く収まったからこそ、こんな風に思い返せるわけで……できれば何度も経験したくはないな。


そろそろ夕食の支度が整うというところで、真子が風呂から上がってきた。

和磨は誘われるように真子に歩み寄る。

「和磨さん？」

和磨は真子の首筋に顔を埋《うず》めた。

「か、和磨さん」

「うん、いい匂いだ。風呂上がりの君は、とんでもなく甘い香りがする」

「そ、そうですか？」

真子は眉を寄せて、自分の腕をくんくん嗅《か》ぐ。

「ボディーソープの香りですよ」

「そういうんじゃない。君の香りだ」

和磨は思わず真子の首筋をぺろりと舐《な》めた。

「ひゃっ」

真子が可愛い悲鳴を上げ、和磨は満足して顔を上げた。

「もう腹がペコペコだ。すでに空腹だったところに、かなりの運動をしたからな」

「か、和磨さんってば、やめてください」

「どうして？」

「恥ずかしいからに決まってます」

「恥ずかしがる必要ないだろう。ここには俺と君しかいないのに」

「そういうことじゃありません」

「わかったわかった。さあ、夕食はもうすぐできるから……君はその前に、真治さんに電話をかけてきたらどうだ？」

「ああ、はい。そうします」

真子はほぼ毎日、父親の真治と電話で話すようにしていた。真治は首を長くして、真子からの電話を待っているだろう。

真子が真治に電話をかけている間に、和磨はテーブルに夕食を並べた。

ちょうど支度ができたところで、真子が真治との通話を終える。

「よし、食べようか」

和磨は真子を食卓につかせ、自分も向かい側に座り込んだ。さっそく箸《はし》を持ち食べ始める。

「真子、拓海は電話に出なかったのか？」

「はい」

「拓海には心配をかけてしまったし、ふたりで電話しとこうか？」

「確かにそうですね。遅くなったらいけないし、ご飯を食べたらすぐにかけます？」

「そうだな」

真子は和磨を見て頷き、自分も食べ始めた。

「どうだ？」

「美味《おい》しいです。和磨さんの料理って、男らしいですね」

「男らしい？　ああ、繊細さに欠けるか？」

「うーん、いい意味で、ですよ。ざっくり作ってあって、味にもパンチが利いてます」

真子はそんな感想を口にしつつ、美味しそうに食べてくれる。

誰かのために料理を作るってのは、いいもんだな。

「これまで、自分以外のひとのために料理を作ったことはなかったんだが……」

「えっ、そうなんですか？」

「ああ。俺の料理なんて食べたがる奴はいないさ」

「……なんか、嬉しいです」

「嬉しい？」

「はい。和磨さんの料理を食べたのはわたしだけなんて……嬉しいです」

「そんなことが嬉しいのか？」

「はい。とっても嬉しいです」

可愛く頷く真子を、頬を緩《ゆる》めて見つめていたら、真子が何か思いついたように表情を変える。

「そういえば、和磨さんは、ひとり暮らししてるんですよね？」

「ああ」

「ぜんぜん帰ってませんよね？」

「そうだな。半月は帰ってないな」

「ほったらかしにしちゃって、大丈夫なんですか？」

「そうだな、一度戻ってみるか。明日にでも……」

「あ、明日？　仕事が終わってからですか？　でも、遠いんでしょう？　ここから二時間くらいかかるって和磨さん言ってましたよね」

「そうだが……そのまま泊まるんなら、帰れないこともない」

そう言って真子を見ると、なぜか微妙な表情をしている。

「どうした？　そんな顔して」

「いえ……なんでも」

「うん？　なんだか拗《す》ねてるように見えるんだが」

「す、拗ねたりしてません！　一晩くらい……別に」

「なんだ、嫌なのか？」

そう聞くと、真子は途端に真っ赤になった。なんなんだこの反応？

「真子？」

「別にいいですよ」

「いいのか？」

念を押すように聞くと、真子は唇を尖《とが》らせて頷く。

やっぱり、むくれているようだが……まあ、いいと言うんだしな。

「それじゃ、明日は俺のマンションに行って泊まるってことでいいな。帰ってから夕飯を作るのは手間だろうから、外食にしようか？　和食か洋食か中華かイタリアンか……何が食べたい？」

「え!?　あ、あの……わたしも一緒に？」

戸惑ったように聞かれ、和磨は眉を寄せた。

「なんだ、俺ひとりで帰ると思ったのか？　そんなわけないだろう。君も連れて行くに決まってる。……うん？　さっき、君がむくれていたのは、もしかして……？」

「わーわーわーっ」

真子は大声を上げて、その先を言わせなかった。

和磨は噴き出した。

俺に置いて行かれると思って、拗《す》ねてたなんて……もう可愛いどころじゃない。

胸が疼《うず》いて泣きそうだぞ、真子。

「俺は君を置いて行ったりしない。どこにだって一緒に連れて行く」

「ほんとに？」

「ああ。本当だ」

肯定すると、真子は真っ赤な顔で恥ずかしそうに俯《うつむ》いた。

「だから君も、俺を置いて行かないでくれよ」

「それ本気で言ってます？」

「冗談で言ってると思うか？」

「いえ……思いません」

笑いながら答える真子の目が潤《うる》み始めているのに気づき、和磨は移動して彼女を抱き締めた。

「ご飯……食べないと」

「そうだな。君の涙が止まったら食べるさ」

「和磨さんってば……そんなことを言われたら、もっと涙が出てきちゃいます」

「それなら、俺が吸い取ってやろう」

和磨は真子の顔を覗《のぞ》き込み、その頬に両手を添えて目尻に溜まった涙を吸い取った。

「か、和磨さん」

和磨は、慌《あわ》てている真子の額《ひたい》に自分の額をくっつける。

「愛してるぞ、真子。君がいてくれれば、俺は何もいらない」

「わたしも……和磨さんがいてくれれば、もう何もいらないです」

和磨の胸は、真子への愛しさでいっぱいになった。

そうして和磨は、そっとふたりの唇を重ねたのだった。

## 5　悪くない存在　～真子～

夕食を食べ終わり、真子が片づけを引き受け、和磨には風呂に入ってもらった。

お皿を洗いながら、ハミングしてしまっている。そんな自分がおかしい。

さっきまで和磨と仲違《なかたが》いして、絶望の淵にいたのに……いまではすっかり心が軽くなっている。

そのとき、水音にまじってなにやら音が聞こえた。この音って、和磨さんの携帯かしら？

でも、いま和磨は入浴中だ。わたしが出るわけにもいかないし……そう思っている間に、電話が切れた。和磨に着信を知らせようと風呂場に足を向けたところで、今度は真子の携帯が鳴り始めた。

こんな時間に誰からだろう？

急いで鞄から携帯を取り出してみると、着信の相手は拓海だった。

「はい」

「ああ、真子。遅くにごめん」

「いいえ。何かありました？」

そう問いかけたが返事がない。

「野本さん？」

「どうやら、仲直りできたみたいだな？」

「あ……、は、はい！」

「そうか、よかった。君がひとりで泣いてるんじゃないかと気になってね。このままじゃ寝られそうになくて、電話をかけてしまった」

そうだった。野本さんに心配かけちゃったのに……

「ごめんなさい。こちらから電話するつもりだったのに」

「いや、気にしないでくれ。ところで真子、君、今夜はどこにいるの？」

急に話題が変わり戸惑う。

「どこにって？　アパートですけど」

「もちろん、君のワンルームだよな？」

「はい」と返事をすると、なぜか拓海はほっとしたようだった。

そこで真子は、どうして拓海がそんな質問をしてきたのか、その理由に思い当たった。

そうだ。野本さん、和磨さんがわたしと一緒に住んでいることを、まだ知らないんだった。

お父さんにはバレてしまったけど、お父さんが『拓海には内緒にしておこう』って言い出して……

「あいつ、一緒に住もうって言い出さないのか？」

そんな風に聞かれて、返事に困る。これはもう、正直に話したほうがよさそうだ。

「あの……実は」

「真子、凛子《りんこ》さんからか？」

背後から唐突に和磨が顔を出してきて、気配に気付かなかった真子はびっくりした。どうやら電話の相手を叔母の凛子と思ったらしい。

「ち、ちが……」

「和磨！」

「うん？」

拓海の驚いた叫びは、和磨にも聞こえたようだ。

「拓海からか？」

真子は顔をしかめて頷いた。

「まさか、和磨のやつ、今夜は君のアパートに泊まる気か？」

忌々《いまいま》しげに拓海が言っている途中で、和磨に携帯を取り上げられた。

「よお、拓海」

「お前な。図々《ずうずう》しいだろう？」

拓海の大きな声が聞こえた。

「図々しい？　俺は真子のフィアンセなんだが」

「全力で別れさせてやるぞ！」

「悪いが、お前が何をしようと俺たちは別れやしない」

居丈高《いたけだか》にそう口にした和磨は、すぐに神妙な面持《おもも》ちになり改まった声を出す。

「拓海、今日はすまなかったな。ありがとう」

和磨の言葉を聞いて、真子は和磨に手を差し出した。和磨は察して携帯を返してくれる。

「野本さん、わたしも、ありがとう」

「まあ、よかったと喜んでおくよ」

捻《ひね》くれたものの言い方をする拓海に、真子は笑った。

「君が笑ってくれてると、ほっとする」

「野本さん」

「兄さんだろ」

「は、はい。兄さん」

そう言ったら、今度は拓海が笑う。

携帯を切り、真子は和磨と顔を見合わせて微笑み合った。

「兄って、いいものですね」

「そのようだな」

和磨はくすっと笑う。

その笑いの意味が気になり、顔をじっと見つめていると、やさしく鼻を摘《つ》ままれた。愛情たっぷりの触れ合いで、胸がきゅんとする。

「僕は、兄弟姉妹がいないし、これまで欲しいと思ったこともないんだが……今回のことで、悪くないもんだなと思ったな」

ふふっと笑った真子は、和磨の携帯にも電話があったことを思い出した。

「あっ、和磨さん。野本さんから電話がかかってくる前に、和磨さんの携帯にも電話がありましたよ」

「ふーん、確認してみよう。でも、それって拓海じゃないのか？」

「ああ、そうかも」

和磨が確認してみたら、やはり拓海からだったようだ。すると、なにやら和磨が気難しそうに考え込んでいる。

「和磨さん、どうかしたんですか？」

「いや……僕が君のアパートに一緒に住んでいることを、拓海はまだ知らないんだよな？」

「そうなんですよ。実はさっき話そうとしたんですけど……ちょうど和磨さんが声をかけてきたので、伝え損ねちゃいました」

「そうだったか」

頷いたものの、和磨はまた考え込んでしまう。

「和磨さん？」

「いや……拓海に伝えたら……どんな反応をするんだろうと思ってな」

「でも野本さん、『一緒に住もうって言い出さないのか？』って、聞いてきましたよ」

「ふむ。なのにあいつは、俺たちが一緒に住んでいるとは考えないんだな」

「ここがワンルームだからかも。さすがにふたりでは住めないだろうって思ってるんじゃないでしょうか？」

「住めてるのにな」

「住んでますね」

真子が答えたら、和磨が声を上げて笑い出す。真子も一緒になって笑った。

## 6　心を守る決意　～和磨～

「わあっ、美味《おい》しそう」

朝食を前にして、真子は嬉しそうに手を叩く。

いつもより、少しだけ豪華にしたからな。たいしたものじゃないが……それでも真子は純粋に喜んでくれる。

真子の様子を目にしつつ、和磨は目玉焼きを口に入れた。和磨を真似たわけではないだろうが、真子も目玉焼きを頬張る。すると、唇の端っこにとろみのある黄身がついた。

和磨は手を伸ばし、真子の唇についている黄身を指先でなぞる。真子が驚いて頬を染めたのに気づいたが、そしらぬふりをしてその指を舐《な》めた。

「明々後日《しあさって》には凜子さんがやってくるな。お会いするのが楽しみだ」

凜子は真子の叔母だ。金曜日の正午、空港に到着するそうだが、その日は友人の家に一泊するらしい。和磨と真子が迎えに行くのは、土曜日の朝九時だ。それから三人で野本家を訪ねることになっている。着くのはきっと午後になるだろう。

「和磨さん、心配じゃないんですか？」

「うん？　心配って？」

「凜子叔母さんです。まだ、わたしたちのこと許してくれたわけじゃないんですよ」

「……そういえば、そうだったな」

「和磨さん……」

呆れたように真子が呼びかけてきて、和磨は笑った。

「野本の家のことばかり頭にあって、自分が凜子さんに嫌われていたことを失念していた」

「もおっ。呑気ですね。叔母さん、お金持ちを嫌悪してるんですよ」

「だが、それも真治さんと和解できれば、解決するんじゃないか？」

「……そうでしょうか？　そんな簡単に和解できると思います？」

「どうだろうな。けど、君のお母さんの真澄《ますみ》さんと別れるきっかけになった、『真治さんが金に飽《あ》かせて女を囲っていた』ということが嘘だったとすでに凜子さんも知っている。真治さんに対する怒りはもうあらかた消えているんじゃないのか？　ああ、でも……凜子さんは、真治さんが離婚後生まれた娘に会うこともなく、ほったらかしていた点に憤《いきどお》っていたんだったな」

「そうなんですか？」

「うん？　このことは君に伝えていなかったか？」

「聞いていません」

「そうか。すまない。話したつもりでいた」

「でも……会いに来なかったのは凜子叔母さんも同じだし……。ほんと、なんでずっと叔母さんの存在が内緒にされていたのか……」

「確かにな」

そうなのだ。凜子が真子の前に現れたのは、彼女の母親が亡くなったあと。真子はそれまで、自分に叔母がいることを知らなかったというのだ。

「何度聞いても教えてもらえませんでしたけど、ようやくそのわけを聞かせてくれるみたいですし……これで、ずっと気になっていたことがはっきりしそうで嬉しいです」

笑みを浮かべる真子に、和磨まで嬉しくなる。

「土曜日は……野本の家に泊まることになるんだろうな？」

「それは、叔母が来てみないことには……」

「拓海がいるんだ。きっと泊まることになるさ」

「そうなればいいんですけど……」

真子は顔を曇らせているが、和磨はそんなに心配していなかった。

凜子は、誤解があったせいで真治を毛嫌いしている。だが、直接会って話せば、その誤解も溶けるだろう。凜子は甥《おい》である拓海に愛情を持っているようだし、和解はたやすいと思える。

「それでだ、真子。この機会に、凜子さんに俺の両親にも会ってもらいたいと考えているんだ」

「えっ？」

「場所はどこでもいいんだが……できれば、俺の実家に来てもらえたらと思ってる」

「そ、それって……わたしもですよね？」

「もちろんだ。凜子さんだけってわけにはいかないだろう？」

真子は気後《きおく》れしているようだ。野本の家に初めて行った時も、彼女は自分の父や兄の家だというのにかなり緊張していた。今回は俺の実家だ。さらに緊張するに違いない。

「なあ、真子。君はすでに俺の両親にも祖母にも会ったじゃないか。実家で働いてくれている国村《くにむら》夫妻にも会った。僕の実家には君の知らない相手はいないぞ」

「そ、それはそうなんですけど……家を訪問するのは、また別の緊張が……」

「なら、なおさら凜子さんがいるときのほうが、君としてはいいんじゃないのか？」

「た、確かに……そうかも」

「だろう。よし、それじゃ、さっそく連絡しておこう」

真子がまた何か言い出さないうちにと、和磨は携帯を取り出した。

「ちょ、ちょっと待ってください、和磨さん。凜子叔母さんに話してからじゃないと。当日伝えて、行かないって言い出したら、困りますよ」

「なら、行くかもしれないと伝えて置くさ。それだったらいいだろう？」

「だ、だって、それじゃ、和磨さんのご両親に失礼になりますよ」

「そんなことはない。もしかしたら君らが来てくれるかもしれないと、単純に喜ぶさ」

「も、もおっ。とにかく凜子叔母さんに相談してからに……」

「ダメだ。絶対に断られる」

「は、はい？」

「こういう交渉は強引なほうがいいのさ。強気で行くのが一番なんだ。遠慮していたら、相手に負ける。まあ、心配せずに俺に任せておけ」

にやっと笑うと、真子は呆れたように和磨を見る。

「和磨さんって、ずっとそうやって生きてきたんでしょうね」

「そうだな。君はそうじゃないな？」

指摘したら、真子は眉を寄せて唇を突き出す。

和磨は微笑み、真子の頭をやさしく撫《な》でた。

「だが俺は、そんな君もひっくるめて好きだぞ。ほら、会社に遅刻する。さっさと食べよう」

真子を促《うなが》し、和磨は食事を再開した。同じように食べ始めた真子を見つめる。

凜子が来れば、真子の過去は明らかになる。それは彼女に、なにがしかの影響を与えるだろう。だが、真子には俺がついている。何があっても、俺が真子を、真子の心を守ってやる。

## 7　いまさらの自覚　～真子～

「もおっ、真子、おーそーいっ」

更衣室に入った途端、着替え途中の奈々子が目の前にすっ飛んできた。いつも始業ギリギリになるまで来ないのに、珍しいこともあるものだ。

「奈々ちゃん、早いね」

「なーに？　あんた、ずいぶんケロリとしてるじゃないの」

そう言われ、真子は首を傾《かし》げた。

「けろりって？」

「はあっ？　こっちはさんざん心配してたってのに、なにそのリアクション」

呆れたように言った奈々子は、なんのことかわからずにいる真子の腕を掴《つか》んだ。そして、着替えている同僚たちの間を縫って、自分たちのロッカーまで引っ張っていく。

真子は自分のロッカーを開け、さっそく着替えを始めた。奈々子は着替えの途中だった、ブラウスのボタンを留めながら話を続ける。

「つまり、専務さんとは、うまいこと仲直りできたわけね？」

「あっ！」

そっ、そうだった！

「ご、ごめん、奈々ちゃん。昨日電話するつもりだったんだけど……」

「いいよいいよ。仲直りしたならそれで。ランチかパフェくらいで手を打ってあげるわ」

やれやれと言ったようにリクエストされ、真子は笑って頷いた。

「わかった」

「よっしゃ、約束だよ。あっ、だけど……」

「うん？」

「……専務さんが現れてから、わたしら、全然お昼を一緒に食べられてないよね。ねぇ、たまには休日とか出かけられそう？」

「お願いすれば……たぶん。でも今週はダメなの。叔母さんが来ることになってるから」

「へーっ、叔母さんが来るのか。婚約もしたし、親戚全員で顔合わせってとこ？」

「まだそんな話にはなってないわ。叔母さんは、和磨さんと、お父さんと野本さんに会いに来るの」

「そうなの？　あれっ、そういえば……叔母さんって、野本さんのこと知ってるんだよね？」

「知ってるけど……奈々ちゃん、この話は、ここでは話せないから、また今度ね」

「わかった。簡単に聞ける話じゃないんだろうからね」

「そうなの」

「それで？　問題の指輪は家に置いてきたわけ？」

奈々子は真子の左手を見て言う。そこに指輪は嵌《はま》っていない。

「和磨さんが預かってくれてる」

そう言ったら、奈々子が派手に噴いた。そして、くすくす笑い続ける。

「専務さんって、ほんと規格外の男だよねぇ。あんたも大変だわ」

「……ねぇ、奈々ちゃんのほうはどうなの？」

奈々子と松野は付き合い始めたのだが、奈々子はあまりそのことを語ろうとせず、どんな状況なのかまるでわからない。

「えっ？　わ、わたしは……その……まずまずよ」

「上手《うま》くいってるってこと？」

「ぼちぼち」

奈々子は、なぜか曖昧な表現を繰り返す。

「わたし、心配しなくてもいいのかな？」

「もちろん。あんたがわたしらのことで心配なんてしなくていいわよ。まずまずだし、ぼちぼちなんだから」

よくわからないけど……奈々子の表情に不安の色はなく、照れているようだ。心配することはないのかもしれない。

午後になり、拓海が仕事を手伝いに来てくれた。顔を合わせたのは、今日はこれが初めてだ。

「野本さん、昨日は心配をかけてすみませんでした」

「いや……別れてくれればいいと思ってるのに、ふたりがぎくしゃくしてると、心配してしまう自分が笑えるよ」

拓海は小声で言って笑う。そんな拓海に、真子の心は温かいもので包まれる。

仕事をある程度片付けたところで休憩に入った。拓海は休憩後には自分の仕事に戻るそうだが、その前に一緒に休憩を取ろうと誘われる。二つ返事でオーケーした真子は、拓海とシステム部を出た。

「野本さん、身体、大丈夫ですか？　無理してませんか？」

並んで歩きながら、真子は拓海に尋ねた。オーバーワークぎみの拓海の身体が心配だ。

「大丈夫だ。そんなヤワじゃないからね」

「でも……改造企画部のお仕事、忙しいんですよね？」

そう聞いたら、拓海は足を止めた。真子も立ち止まる。

「まあね。でも楽しいよ。そんなことより、昨日の和磨だ。あいつのらしくない一面を見られたのは愉快だったな。……前に、恋はひとを愚《おろ》かにすると言ったけど……あいつだけは愚かにはなりえないと思っていた。だが、そんなことはなかったな。もちろん、君も」

「野本さん、楽しそうですね？」

むっとして睨《にら》んだが、拓海はまるでこたえていない。面白そうにくすくす笑っている。

「野本さんだって、恋をしたら愚かになりますよ」

「そうだな。いまは僕も、そういう経験がしてみたいと思うよ」

恋に前向きな発言をする拓海に、なんだか楽しくなる。

兄さんは、どんなひとと恋に落ちるのかしら？

「誰か、候補者はいるんですか？」

期待して聞いたが、拓海は首を横に振る。

「いや、まだいない。いまは仕事で手一杯だ。それは改造企画部に関わっている者全員がそうなんだが……なぜか専務殿だけは余裕がある」

拓海は納得できないという顔だ。

「僕らと同等、いや、それ以上の仕事をやってるんだ。なのにあの余裕っぷり……。まったく、どれだけ有能なんだろうな」

「そうなんですか？」

「まあ、あいつのことはいいや。それより、週末のことだ」

「は、はい。わたしもドキドキしてます」

凜子叔母さんが、ついにやってくるんだ。

「週末を、こんなに待ち遠しく感じるのは久しぶりだよ」

「わたしもです」

これまで、凜子にいくら聞いても教えてもらえなかったことを、ついに話してもらえるのだ。

立ち止まって話していたが、拓海は真子を促《うなが》してまた歩き出した。

「ところで野本さん、どこまで行くんですか？」

「専務殿のところさ」

「えっ？」

「あいつも交えて週末の話をしたくてね」

ああ、なるほど。けど、昼休みでもないのに和磨と会えるのは嬉しい。

拓海が専務室のドアをノックした。

「専務、いまよろしいですか？」

「ああ、どうぞ」

和磨の応答があり、それだけのことに胸が高鳴る。

「高杉専務は、休憩なさらないんですか？」

拓海はからかうように声をかけつつ、専務室の中に入って行った。真子は拓海のあとについて行きながら、和磨を見る。

和磨は仕事の手を止めず、パソコンの画面をじっと見つめていた。

うわーっ、仕事中の和磨さん、かっこいい！

会社にいる間だけかけている眼鏡が似合ってて、独特の色気がある。

するとそこで、拓海が真子を振り返り、唇に人さし指を当て、しーっと黙っているように指示してきた。

「それで、なんだ？　話があって来たんだろう？」

「ああ、週末に叔母さんが来る、その話をしようと思ってな」

「そうか」

和磨はそう答えつつも、依然、顔を上げない。

和磨はいつ自分に気づくだろう？　なんだか楽しくなってきた。

そんな真子に向かって、にやりと笑った拓海がソファに腰かける。そして、真子にも座れと手招きしてきた。真子は拓海と向かい合って腰かける。

「叔母さんは金曜日にこちらに来て、友達の家に泊めてもらうんだろう？」

「ああ。そうらし……」

そこで、ようやく和磨は顔を上げてこちらを向いた。

「真子！」

驚いた和磨を見て、拓海は楽しそうに笑い出す。

ふたりとこんな時間を過ごせていることに、真子は堪《たま》らなくしあわせを感じた。

## 8　城への帰還　～和磨～

和磨は車を運転しつつ、隣の真子の様子を窺《うかが》った。

仕事を終え、和磨のマンションに向かっているところだ。真子は助手席の窓から、流れていく外の景色を眺めている。

俺のマンションを見て、真子はどう思うだろう？　悪い印象を持ったりしないだろうか？

真子は、金持ち嫌いの凛子さんの影響を強く受けている。俺が朝見グループの跡取りだと知ったときも、かなり腰が引けていた。

それでも、俺の両親や祖母と会ったことで、だいぶ受け入れてくれたのだと思う。特に、母のことを気に入ってくれたようだった。

だが、朝見の家に行くことには、まだ気後《きおく》れがあるらしい。

けれど、俺と結婚するのなら、真子は朝見の家と関わらずに生きていくことはできないのだ。

確かに、朝見の家には使用人が大勢いるし、真子の生活とはかけ離れているかもしれない。だが、たとえ生活環境は違えども、そこで生きる人間にたいして変わりはない。

とはいえ、それは俺が思うことであって、真子はまったく違う印象を持つのだろう。

……まさか、こんなことが障害になるとは思いもしなかったな。

とにかく、真子の気持ちを第一に考えるようにしていかないと。それをなおざりにしていたら、知らぬ間に真子の気持ちが俺から離れていってしまうかもしれない。そんなことにだけは、ならないようにしなければな。

今日、俺のマンションに行くことにしたのも、真子に俺のこれまでのライフスタイルを見てもらうことで、ある種の免疫をつけられるのではないかと考えてのことだ。

俺のマンションを受け入れてもらえたら、朝見の家も受け入れやすくなるんじゃないかと。

真子はあそこに馴染んでくれるだろうか？　……かなり心許《こころもと》ないな。逆効果にならなきゃいいが。

考えれば考えるほど不安になってきた。

これは、マンションに着く前に、真子の意識改革を少しでも促《うなが》しておいたほうがいいかもしれないぞ。金持ちは、別に特別な人種じゃないと……

「なあ、真子」

「はい」

「僕は……その、かなり蓄えがある」

「は、はい？」

……さすがに唐突過ぎたか……

「和磨さん？　どうして急に、そんな話を？」

「いや……つまりだ。蓄えがあれば、生活水準は勝手に上がってしまうものだろ」

「まあ……それはそうでしょうね」

「もし君に、百万の月収があったとしたら、君の生活は自然とそれに応じたものに変化すると思わないか？」

「百万円の月収なんて、まったく想像できませんけど……月々の収入が変われば、生活も変化するというのは頷けます」

おっ、いい感じに話に乗ってきてくれたな。

真子の反応に内心喜んでいると、彼女は考えつつさらに言葉を続ける。

「たとえば、高くて美味《おい》しい物と安くてそれなりの物があったとして、もしわたしにお金の余裕があったなら、躊躇《ためら》いなく高くて美味しい物のほうに手が伸びると思いますし」

「そうそう、そういうことなんだ。だが、高いほうを躊躇《ためら》いなく手に取ったからといって、君の本質が変わったわけじゃないだろ？」

「……それで、和磨さんは何が言いたいんですか？」

「いまの君は、金持ちをどう思ってる？」

はっきりとそう聞いた和磨を、真子がじっと見つめてくる。

何を考えているのか、なかなか口を開こうとしない。

じっと言葉を待つが、一向にその気配はなく、痺《しび》れを切らした和磨は、「真子」と呼びかけた。

「――考えないようにしてたんです」

ようやく真子が返事をしてくれて、ほっとする。

「僕が金持ちであることを、か？」

運転しながら真子をちらりと見ると、彼女は和磨と目を合わせ、すまなそうにこくりと頷いた。

「和磨さんが朝見グループの会長の息子だってことは、ちゃんとわかってます。けど、わたしのワンルームで、ふたりで過ごしていると、凄《すご》く楽しくて……そういうの全部……その……」

「忘れていられる？」

真子の代わりに口にしたら、彼女が気まずげに顔を伏せた。

「真子、そう思うからって別に気にしなくていいんだぞ。僕も気にしちゃいない。それに、君の本音が僕には何より大切だ」

「わたしの本音……。わたしは……いまの暮らしをずっと続けたいと思っています。けど、無理ですよね？」

「無理じゃないさ」

「えっ？　む、無理ですよ。だって和磨さんは朝見グループの跡取りで……ずっとあのワンルームで暮らし続けるなんて……」

「できるさ。僕らふたりが望むならそうできる。もちろん、ワンルームにばかりこもっていられないが」

「ほんとに？」

「本当だ」

「なら、わたしはずっとあそこに住み続けますよ。本当にいいんですね？」

「ああ、いいさ」

迷わず肯定したら、真子が妙に静かになった。気になってちらりと見たら、どうも怒っているように思える。

「真子？　怒ってるのか？」

「怒っては……ただ」

「ただ、なんだ？」

「和磨さんが、本当に住み続けるつもりでいるみたいだから。……でも、わたしには無理だとしか思えないんです」

「無理じゃないさ。君が住み続けたいのであれば、住み続ければいい。僕は君がいてくれさえすれば、住むところなんてどこでもいいんだ。それに、君のワンルームは僕もとても好きだぞ」

「……和磨さんってば」

ようやく真子が微笑んでくれ、和磨はほっとした。


前方に、マンションが見えてきた。

到着するまで黙っていようかとも思ったが、先に知らせることで心構えができるかもしれない。

「真子、あそこだ」

「あそこ?」

「ほら、前方のちょっと小高いところにマンションが建ってるだろう?　あそこなんだ」

「あ、あれ?　あれなんですか?」

やはり、引いたようだな。

夕暮れどきなのもよくなかったな。暗くなると、このマンションの外観の印象はいまいちになる。

おまけにマンションの裏手にある山が黒々として、威圧感が半端ない。

日中は、その山の緑が背景になっていることで、逆にマンションが映えるのだが……

「立派なマンションですね」

「そうだな」

あっさり同意したら、真子はいくぶん責めるような目を向けてくる。

「肯定するんですか?」

「事実だからな……」

そう言ったら、一転して真子は表情を曇らせた。

「あんなマンションに住んでたんですか？」

「なんで落ち込んだように言う？」

「いえ……わたしのワンルームと、あまりに違いすぎるから」

「さっきも言ったが、僕は君のワンルームを気に入ってるぞ」

「それは疑ってませんけど……」

「ああ、それから言っとくが……あれは両親から買い与えられたものとかじゃないからな。ちゃんと自分の稼ぎで購入したんだ」

「その年齢で、どうやってそんなに稼いだんですか？」

「中学くらいから、父がプロジェクトに参加させてくれたんだ。父は、僕がやった仕事に見合った報酬をくれた」

「中学から？　お、お父様って、やっぱり凄《すご》い方ですね」

「僕自身は、それをごく普通のこととして捉《とら》えていたけどな。とにかく、そんなわけで僕は小遣いに困ることがなかった。とはいえ、欲しいものなんてそんなになかったから、貯金が勝手に増えていったんだ」

そんなやりとりをしている間に、マンションに到着した。和磨は地下駐車場へと車を進める。

駐車場に車を停めると、先に車を降りた真子は、物珍しげにキョロキョロしている。

そんな真子を連れて、和磨は最上階専用のエレベーターに乗り込んだ。エレベーターはスムーズに上昇を始める。慣れ親しんだ感覚を身体に感じながら、和磨は隣に並んでいる真子を見つめた。

なんだか……不思議だな。

『アサミテクノ』の改革を任され、スーツケースに荷物を詰めてここを出たのは、半月ほど前のこと。たった半月なのに、和磨の隣にはいま、当たり前みたいに真子がいる。それは奇跡のように思えた。

エレベーターが最上階に着いた。少々ドキドキする。

俺の城を、はたして真子は気に入ってくれるだろうか？

和磨は真子の肩にそっと手を置き、エレベーターを降りる。

その答えは、もうすぐ得られるだろう。

## 9　受け入れるために　～真子～

和磨の住まいがあるマンションのエレベーターは、かなりのスピードで上昇していった。

なんかわたし、物凄《ものすご》く緊張しちゃってるみたい。だって、和磨さんの住んでいる高層マンション、思っていた以上に迫力があったんだもの。どうしたって萎縮しちゃうわ。

和磨に続いて、エレベーターから降りた真子は、その場で棒立ちになる。

「真子？」

「えっ？　ここ……」

目の前には、広い空間にドアがひとつだけ。

よくあるような、横に長い廊下と、いくつもの扉などなかった。

重厚で洗練された玄関スペースには、観葉植物が置かれ、淡い木目の壁と相まって、ほっとする雰囲気をかもし出していた。

戸惑いながら和磨に目を向けたら、彼はすでに玄関のドアを開けていて、真子を見つめている。

「あの……和磨さん。どうしてこのフロアには、ドアがこれひとつしかないんですか？」

「設計上、そうなってるとしか言えないな」

「で、でも。普通は、こう……長い通路があって……ドアがいくつもあるような……」

真子は身振り手振りを交えて、説明する。

「だって、マンションなんですよね。ここ？」

「下の階は、君が言ったようになってると思うぞ」

下の階？

真子は眉を寄せた。

「あの、ここは、何階なんですか？」

「最上階だ」

さ、最上階？　そんなはずは……

「で、でも、エレベーター、すぐに着いて……」

「高速で上がるからな」

和磨はこともなげに言う。そして、戸惑いを消せないでいる真子の手を取り、玄関の中へと導いた。そこで真子は、また固まってしまった。

な、なんなの、ここ、玄関なのよね？　広いなんてものじゃないじゃない。

驚きすぎて、心臓がバクバクする。

唖然としたまま、真子は靴を脱ぎ、家に上がった。

よくあるマンションとは造りが違うようだ。広々とした玄関は、ちょっとしたホールのようになっており、左右に通路が伸びていた。ドアもいくつもある。

和磨に手を引かれ、通路を右側に進んでいく。通されたのは書斎のようだった。

「ほら、真子、座って寛《くつろ》いでくれ」

家の主《あるじ》然として、和磨が言う。真子は、ソファにすとんと腰を落として座り込んだ。

こ、ここが、和磨さんの住まいなんだ。

いいところに住んでいるということは予想していたけど……ここは真子の想像を超えている。

なぜだか、ひどく哀しくなった。そう思うのは、たぶんこの部屋が和磨に凄《すご》く似合っているから。

「さて、真子、感想は？」

和磨が軽い調子で問いかけてきた。部屋を呆然として見つめていた真子は、和磨に顔を向ける。

「和磨さんに似合います」

「どうして、そんなに哀しそうに言う？」

「想像を超えていたから……なのに、すごく和磨さんに似合ってて……わたし……」

「数時間もすれば見慣れるさ」

ことをなげに言われ、真子はカチンときた。

こちらはかなりのショックを受けているのに、どうして和磨さんはそんなにのほほんとしているのよ。

「……」

「睨《にら》んでくる顔も可愛いぞ」

「冗談ではぐらかさないでください」

「はぐらかしているわけじゃない。あまり深刻にならないでほしいんだ」

そう言われても……この部屋は、あまりにわたしの生活からかけ離れてる。

沈んだ気持ちで部屋を見つめていたら、和磨にそっと抱き締められた。真子は和磨に寄り添う。

「真子。僕は、僕のこの城を、君に気に入ってもらえたら嬉しいと思ってる。僕が、君の城であるワンルームを気に入っているように……」

その言葉に真子はどきりとした。

そ、そうだわ。ここは和磨さんの城。そしてワンルームはわたしの城。和磨さんがワンルームを気に入ってくれて、凄く嬉しく思っているのに……自分の生活とかけ離れているからという理由で、和磨さんの城を拒《こば》むなんて……間違ってるわよね。

「ご、ごめんなさい」

「どうして謝る？」

「謝りたいから」

「理由が知りたいな」

「わたしが我《わ》が侭《まま》だったから……」

「君が我が侭？」

和磨が驚いたように言い、そして笑った。

なんとなく気持ちが落ち着かなくなり、真子は立ち上がる。そして部屋の中をあちこち歩いて回った。

色々なものがある。どれも和磨さんの私物なのよね。

「ここにあるものは……思い出の品だったりします？」

ソファに座ったままの和磨を振り返って尋ねたら、和磨は立ち上がって真子の隣に並んだ。

「そうだな。これとか、これは、旅先で気に入って買ったものだな。この辺は、家族や知人からの土産物《みやげ》だし、プレゼントに貰《もら》ったものもあるな」

そうか……ひとつひとつに思い出があるのよね。そう思うと、この部屋に親近感を抱いてしまう。なんだか不思議。自分の生活スタイルからかけ離れていて、馴染めそうもないと思ったけど、そんなことはないのかも。ここは、誰でもない和磨さんの家なんだものね。

「聞かせて欲しいです。ここにある品物に込められてる、和磨さんの思い出……」

「僕だって聞きたい。君の部屋にある品物に込められている君の思い出をね」

妙に真剣に言葉を返されて、照れくさくなってしまう。

「和磨さんのほうが聞き応《ごた》えがありますよ。わたしの思い出話なんて……たいしたことないから」

「それは君の主観だ。僕は君に関することで、たいしたことがないと思うことはひとつもない」

こつんとやさしくおでこを小突きながら和磨が言う。

真子の後ろ向きな発言を、呆れずに受け止めてくれる和磨が嬉しく、そのぶん自分が情けなかった。

「さて、腹が減ったな。そろそろ夕飯を食べないか？」

飾ってあるものを見せてもらいながら、和磨の思い出話を面白おかしく聞いていたところで、和磨がお腹をさすって提案してきた。言われてみれば、真子のほうもお腹が空《す》いてきた。

時間を確認したら、もう夜の八時を回っている。

「さすがに食材はありませんよね？　どこか買い物に行きます？　それとも外食にします？」

「そうだな」

ずっと留守にしていたのだから、冷蔵庫は空《から》っぽよね。あっ、でも、和磨さんの家の冷蔵庫の中身、すっごく興味がある。

「和磨さん、キッチンを見せてもらってもいいですか？」

「もちろん。こっちだ」

和磨はすぐに部屋のドアに向かう。真子はわくわくしながらついて行った。

和磨さんのキッチンか。なんか新鮮だ。

ドアを出て、右手に向かう。玄関を通りすぎたところで、和磨はコンコンとひとつのドアを叩いた。

「ここは洗面所とトイレだ」

そう説明すると、和磨は突き当たりのドアを開けた。

和磨のあとに続いて入ってみたら、素晴らしくハイセンスなキッチンが現れた。温かみのあるブラウンで統一され、洗練されたデザインに、思わず動きを止めてしまう。

さらに、キッチンと一続きになっているとんでもなく広いリビングに目を奪われた。家具の配置がまた絶妙だ。

素敵だわ。でも……

「モデルルームみたい」

「そうか？　知り合いの建築士にすべて任せたんだが」

「きっと才能のある方なんでしょうね。どこもかしこも凄《すご》く手が込んでて」

壁や窓、そして天井を眺め、真子はそんな感想を漏《も》らす。だが、ここで寛《くつろ》げるかというと……ちょっと微妙かもしれない。こんなモデルルームみたいに、どこもかしこも完璧に整ったところだと、逆に緊張してしまって寛げそうにない。

真子は無意識に流し台の表面を撫《な》でた。うわーっ、傷一つない。すべすべだ。

「ねぇ、和磨さん」

「うん？」

「ここで料理を作ったことって、あるんですか？」

「もちろんあるさ。僕の料理の腕は知ってるだろ？」

「それは、もちろん。……けど、凄く綺麗にしてるから」

「定期的に、掃除をしてもらっているからな」

「掃除を？　家政婦さんを雇ってるんですか？」

「婚約パーティーで紹介した国村夫妻がいたろ？　彼らがやってくれている」

「そうなんですか」

考えてみれば、こんな広い家だ。仕事をしている和磨さんがひとりで掃除をするなんて無理だろう。

そうなのね……国村さんたちが……

和磨さんはやっぱりお坊ちゃまなんだなぁ。そう考えた真子は、思わず噴き出してしまった。

「うん？　どうした？」

「いえ、和磨さんはお坊ちゃまなんだなって考えたら……おかしくなっちゃって」

「は？　……それは、俺は喜んでいいのか？　それとも哀しむべきなのか？　はたまた、腹を立てるべきなのか？」

「喜んでいいと思いますけど」

そういえば、野本さんは、野本家の家政婦である梅子《うめこ》さんに、坊ちゃまと呼ばれてたっけ。

「そうか。確かに俺は、お坊ちゃまという柄じゃないが……」

「が？」

「子どもの頃、国村夫妻からは、坊ちゃまと呼ばれてたな」

「えっ？　そうなんですか？　でも、野本さんが梅子さんにそう呼ばれているのを聞いたとき、和磨さん、野本さんのこと笑ってましたよね？」

和磨はにやりと笑う。

「あいつの場合は、いまもだろ。俺はもうそんな風には呼ばれていないからな」

「そんな風にはって……いまはなんて呼ばれてるんですか？」

何気なく問いかけたら、珍しく和磨が固まった。

「和磨さん？」

「余計なことを言った」

「余計なこと？　つまりそれって……」

和磨は真子の顔をじっと見て思案していたが、ついには拗《す》ねたように唇を突き出した。

思わず笑いそうになるのを堪《こら》える。こういう表情をする和磨さんって、可愛いのよね。

「いずれバレるだろうから先に言っておく。いまは『若様』と呼ばれてる」

「わ、若様!?」

「和磨様で統一してくれと言ってるんだが……なかなかな」

渋い顔の和磨を見て、また笑いが込み上げてしまう。

「笑うな」

そう言って、和磨は真子の鼻を軽く摘《つ》まんだ。

それにしても、坊ちゃまと呼ばれていた和磨さんが、どんな子どもだったのか興味があるなぁ。

「ねぇ、和磨さん。今度、アルバムを見せてくれませんか？　あっ、ここには置いてないんですか？」

「アルバムなんて、ここには持ってきてないな。たぶん、母が保管してるんじゃないか？」

「そうですか」

和磨さんの実家か……やっぱり、ここより凄《すご》かったりするんだろうな。

訪問することを考えると、強烈に緊張してくる。胃がキリキリしてきそうだ。

「まーこ」

「は、はい」

「僕はもう腹が減って死にそうだぞ。早く何か作って食べよう」

「そう言うってことは、食材があるんですか？」

「ああ、贅沢《ぜいたく》を言わなければ……」

和磨は冷蔵庫に歩み寄って扉を開けた。

「わーっ、見事に空《から》ですね」

「だな」

和磨は次に冷凍庫を開ける。そちらは空ではなかった。

「あら、ずいぶん色々入ってますね？」

「だろう。ステーキ肉もあるぞ。食べるか？」

「でも野菜がないと……あらっ、冷凍の野菜もあるんですね」

「便利だぞ」

和磨はそう言いながら、冷凍庫の食材を選んで取り出していく。

「どうだ。贅沢を言わなかったら、それなりに腹は満たせそうだろう。ほら、パンもある」

手にしたものをポンと投げられ、真子は慌《あわ》ててキャッチした。

「わっ、固い。カチンコチンですね。これパンですか？」

「ああ。オーブンで再加熱すれば、焼き立てのパンになるぞ」

和磨が流し台の上に並べた食材を見て、真子は噴き出した。

「和磨さん、凄《すご》いです」

「そうか」

和磨は嬉しそうに笑い、さっと真子を抱き寄せると、軽くキスをした。そして、真子を見つめてくる。

「和磨さん？」

「君が楽しそうなのが嬉しいんだ。さて、ではさっそく腕を振るうか」

「ふふ。和磨さん、ここはわたしに作らせてください」

「いいのか？」

「はい。こんな素敵なキッチンでお料理できるなんて、夢のようです」

冗談めかして言った真子は、さっそく夕食作りに取りかかったのだった。

# 10　案ずるより　～和磨～

キッチンで料理を作っている真子を、和磨はキッチンのカウンター席に腰かけて眺めていた。

初めは真子にくっついていたのだが、そのうち邪魔だと追い払われたのだ。

キッチンからはいい匂いが漂《ただよ》ってきて、空腹感が刺激される。

可愛い真子を眺めていて、気が紛《まぎ》れていたのだが……腹が減ってもう限界だ。

「なあ、真子、まだか？」

「もうすぐですよ。和磨さん、そんなにお腹が空《す》いたんですか？」

「ああ、もう倒れそうだ」

「あらら。テーブルにお皿やお箸《はし》を用意する力は残ってます？」

「もちろんだ」

和磨はすぐに立ち上がり、真子の指示に従って皿と箸を用意した。

それにしても、真子が俺の家のキッチンで料理を作っているなんてな。

真子は、初めて使うこのキッチンにもう馴染んでいるように見える。

案ずるより産むが易《やす》しってことだな。

「はい。できましたよ。和磨さん、運んでください」

「おっ、待ってました」

和磨は思わず手を叩き、さっそく料理をテーブルに運ぶ。

「真子、早く座ってくれ。食べよう」

真子をせっつくと、彼女は笑いながら向かい側の席に着く。

「さあ、どうぞ」

「ああ、いただきます」

和磨は、さっそく熱々のステーキを口に運ぶ。

「うん、美味《うま》い！」

「食材、いいものが揃ってたから」

「いや。君の腕がいいんだ」

心から真子を褒《ほ》めつつ、空腹の胃袋を満たしていく。

テーブルに並んだ料理は、あっという間に消えてしまった。

食後の紅茶を飲みながら、和磨は満足して腹を撫《な》でた。

「ご馳走様。真子、最高に美味かったぞ。君も美味《おい》しかったか？」

「はい」

答えた真子は、なにやら微妙な顔をする。

「真子？　どうした？」

「いえ。美味しく食べられた自分が……なんか、不思議って言うか……」

真子はそう言ってくすっと笑うと、周りを見回した。

「真子？」

呼びかけると、真子は和磨に顔を戻して言う。

「数時間もすれば見慣れるって和磨さんに言われましたけど……本当にそうかもしれないって。もちろん、完全に見慣れたというわけじゃないんですけど……」

笑顔でそう口にした真子は、急に眉をひそめて和磨をじっと見る。彼女の言葉に喜んでいた和磨は、眉を上げて「なんだ？」と尋ねた。

「もしかして……和磨さんの作戦なんじゃありません？」

「作戦？」

「キッチンを使って料理をしたことです」

「……ああ、君の言いたいことがわかったよ。この家に慣れてもらうために、君が料理を作るように仕向けたんじゃないかと言いたいわけだな」

「え、ええ」

「そんな考えはなかったさ。それでも、ここで過ごす時間が長くなれば、それだけ君はここに順応するだろうなとは思っていた」

「……順応してしまうものなんですね」

「なんでがっかりしたように言う？」

「がっかりというか……なんか、わたしのワンルームが哀しがってる気がして……」

真子の発言に、和磨はつい噴いてしまった。

「ふ、噴かないでください！　わたしとしては……けっこう切実というか……」

「そうだな」

真子の気持ちは理解できていると思う。――彼女はここに馴染む自分を、あまり歓迎したくないのだろう。真子は不器用そうだから、色々なことを深刻に捉《とら》えて悩んでしまうのかもしれない。

食事の片付けを一緒にやり、風呂に入る前に少しリビングで寛《くつろ》ぐことにした。

その間も、真子は物珍しげにリビングを歩き回っている。

「独創的なデザインの家具ばかりですね。これなんかも……」

真子はそう言って、窓際にある椅子に触れる。

球体を縦半分に割ったものに、座椅子を置いたようなデザインだ。ネットで見つけて衝動買いしたのだが、座り心地もよくてそれなりに気に入っている。他にも、色々斬新な椅子を揃え、あちこちに置いている。

真子は和磨の勧めに従い、先ほどの椅子に腰かけようとしている。なんだか用心しいしいという感じで、笑いが込み上げる。

ようやく真子は座ったのだが、その一瞬、びくっとしたように目を見開いた。

「ど、どうだ、真子？」

「にやつきながら言わないでください。失礼ですよ」

「これは申し訳ない」

わざと慇懃《いんぎん》に言ったら、真子はぷーっと頬を膨らませたが、すぐに笑顔になった。

「でも、なんか楽チンです」

そんな感想を漏《も》らし、足をプラプラさせている。そのさまは愛らしく、どうにも目尻が垂れてしまう。

このマンションを見たら、俺から気持ちが離れてしまうのではないかと気を揉《も》んでいたが……

どうやら気に入ってくれたらしいな。

和磨は真子の側に、別の椅子を移動させて座り込む。

楽しんでいる真子を眺めて、和磨はほっと胸を撫《な》で下ろしたのだった。

## 11　いい意味での予想外　～真子～

先に風呂に入らせてもらった真子は、リビングの椅子に座って、和磨が風呂から上がって来るのを待っていた。

和磨がいないとなんだか落ち着かない。ずっと座っていられず、真子は窓に歩み寄った。

そういえば、窓の外を見ていなかったけど……どんな感じなんだろう？

真子はカーテンを少し開けて外を窺《うかが》ってみたが、真っ暗でよくわからない。

ベランダとか……あるのかしら？

「真子？」

和磨が声をかけてきて、真子は驚いて振り返った。

「上がるの、早いですね？」

「ちょっと急いだ」

『どうして……』と聞こうとして、真子はやめた。きっとわたしのためだ。ひとりの時間が長くならないようにと気を遣ってくれたんだろう。

「明日も早いし、もう寝ないか？」

そう言われて、頬が熱っぽくなる。

和磨の言う『寝る』を、性行為と結びつけて反応してしまう自分が恥ずかしい。

「そ、そうですね」

答えたものの、こんな返事をしては焦っているのがバレバレだ。

「ほら、おいで」

和磨はドアの側にいる。説明は受けていないけれど、たぶんそちらが寝室なのだろう。

和磨に歩み寄るだけで、心臓をバクバクさせてしまってる。

わたし、意識しすぎよね？　和磨さんは普通にしてるのに……

和磨の側に行くと、彼はドアを開けて真子に入るように促《うなが》す。真子はおずおずと入って行った。

真っ暗だったが、パチッと音がして部屋が明るくなる。

和磨が灯《あか》りのスイッチを押したのだろう。

「わあっ」

「どうだ？　俺の寝室は？」

「い、意外です」

「どんな風に？」

「どんな風にというか……少なくとも、こんな風だとは思ってませんでした」

寝室の雰囲気は、和風モダンという感じだ。

ベッドはもちろん大きなサイズなのだが、かなり低い。そして藍染《あいぞめ》のベッドカバーがかけてある。

「いい意味で、予想が違ったなら嬉しいんだが」

「はい。とってもいいですよ」

思わず微笑んでしまう。

真子はベッドに歩み寄り、腰かけてみた。身体を上下させて、クッションの具合を確かめてみる。

「ちょっと硬めですね」

「そうだな。寝心地は悪くないぞ」

和磨も隣に座ってきて、そのまま後ろに倒れた。真子は座ったままで、大の字に転がっている和磨を見つめた。

「和磨さんらしい寝室かもって……いまさらだけど思います」

「俺らしい寝室か……君らしい寝室はやっぱりワンルームか？」

はい、と即答できない自分がいた。けどなぜだかわからない。

「……どうなんでしょう？」

曖昧に答えたら、和磨が手を差し出してきた。そのことに少しドキリとしてしまう。

これは意味あっての行動だ。手を取ることで……自然と次の行為に進んでしまうことになる。そうわかっているので、どうにも恥ずかしい。それでも真子は和磨の手を取った。

そっと引っ張られ、和磨の隣に横たわる。

和磨は肘をついて、仰向けに寝ている真子を上から見下ろしてきた。そして、やさしい手つきで真子の前髪を掻き揚げる。和磨に触れられ、鼓動がどんどん速まっていく。

和磨が真子の胸の膨らみに顔を押し当ててた。不意を突かれて驚いたが、和磨は大きく息を吸い込み、すぐに顔を離した。

「このベッドに君がいるのが、不思議だ」

「そ、そう……ですか？」

「最後にここで寝たのは、『アサミテクノ』に行く前日、あのときからひと月も経たない間に……」

和磨は首を傾《かし》げ、楽しそうな眼差しを向けてくる。

「『アサミテクノ』の改革に意欲を燃やしていたってのに……俺は、それ以上のものを手に入れた」

和磨の言葉に、胸がいっぱいになる。

「和磨さん」

「君が俺を呼ぶ、その声が好きだ。君の声の響きは、俺の魂を震わせる」

和磨はそう言って、真子の唇をそっとなぞる。甘い疼《うず》きが唇に生じ、真子は堪《たま》らなくなって顔をしかめた。

和磨は唇を重ね合わせる。くちづけは、瞬《またた》く間に息もつかせぬ激しいものになった。

「んんんっ」

キスに意識を囚《とら》われていたら、突然下腹部に侵入するものがあり、真子は驚いて身を捩《よじ》った。

だが和磨は気にも留めず、目的の場所へと指を進める。和磨の長い指がショーツの上から一番敏感な場所を撫《な》で始めた。

「んんんんっ……か……んんっ」

名を呼ぼうとするが、和磨の唇は真子を逃してくれない。

和磨の指は、執拗《しつよう》に真子の花芯をいたぶる。ひときわ強くいたぶられ、とんでもない快感が突き上げた。

「んんーんっ」

真子が刺激に耐え切れず身体を大きく仰《の》け反《ぞ》らせたら、ようやく和磨は唇を解放してくれた。

「ああん、ああっ、はあはあっ、あああんっ」

あられもない喘《あえ》ぎが唇からほとばしる。

「か、和磨さん……や、やめてぇーっ、ううっ、あああん」

和磨のシャツを掴《つか》んで懇願するが、和磨は真子を攻め続ける。さらには、指がショーツの中へと入り込み、直接花芯を刺激し始めた。快感は一層強烈なものになる。

「ううっ、ああっ……ダ、ダメ……やっ……」

快感をさらに煽《あお》られ、頭がぼおっとなる。痴態を晒《さら》し、乱れていることに恥ずかしさを感じる余裕すらなくなっていく。

「かっ、和磨……さん。も、もおっ、はあ、はあ」

荒い息を吐き、真子はビクビクッと身を震わせた。
ダ、ダメ……これ以上、されたら……
追い詰められた真子は和磨の腕を掴《つか》み、力一杯握り締めた。

「真子、イキそうか？」

「や、いや……」

そう口にしつつも、真子の身体は彼女の意志とは裏腹に、もっと快感を求めようとして、和磨の指に自分の秘部を擦《こす》りつけてしまう。

和磨はそんな真子の行為に応《こた》えるように花芯を刺激し、さらにはすっかり潤《うる》んでいる秘部に侵入を始めた。

「んんっ！」

内部の特殊な圧迫感に腰が浮き上がる。その瞬間、大きな波が突き上げてきて、とめようもなく真子は快楽の波にさらわれた。

「真子」

はあはあと激しく息を吐いている真子に、和磨が呼びかけてくる。物凄《ものすご》い羞恥《しゅうち》に襲われ、真子は顔を伏せた。

ひとりでイッてしまったことが、耐えられない。

「どうしてそんな顔をするんだ？」

どうしてって……

「だ、だって、いま……」

「イク瞬間の君の顔、とんでもなく綺麗だった。もう一度見たいな」

「も、もおっ。そんなのダメです」

「どうして？」

「どうしてって……恥ずかしいからに決まってます」

「真っ赤な顔で恥ずかしがってる様子も、最高にそそるんだが」

「悪趣味ですよぉ」

「そんなことはない。これは悪趣味なんかじゃない」

「悪趣味でなかったら、なんだって言うんですか？」

「なんだっていい、問題はそんなことじゃない。俺はもうそそられすぎて、我慢できない」

和磨は熱っぽく言うと、真子の太腿を味わうように撫《な》で始めた。

「ああ、やわらかいな。君の身体はどこもかしこもやわらかい。そして甘い香りを発してる。君が上りつめると、さらにその匂いが強くなる。そして俺は、もう正気でいられなくなる」

その言葉通り、和磨は苦しげに喘《あえ》ぎ、真子を求めてくる。先ほどまでとは打って変わり、余裕のない和磨に、真子の羞恥は薄まっていく。

「和磨さん」

「君の中に入りたい」

切羽詰《せっぱつ》まったように和磨が言う。真子が頷くと、和磨は真子の着ているものをもどかしげな手つきで脱がせ始めた。真子も和磨のパジャマのボタンを外していく。

生まれたままの姿になり、互いに抱き締め合う。この瞬間、真子は言葉にできないほどの至福を感じた。

受け入れる準備がすっかり整った部分に、熱い塊《かたまり》が押し付けられる。

「んっ」

「真子！」

叫ぶように名を呼んだ瞬間、ゆっくりとそれは真子の中に入り込んできた。じわじわと真子の内部を満たしていく。

自然と真子の内部が収縮し、和磨が「ううっ」と呻《うめ》いた。

「そんな風にされると、果ててしまいそうだ」

「果てていいですよ」

「嫌だ。もっともっと君を味わってから……」

そうは言うものの、和磨の限界は近いようだ。ゆっくりとした挿入を繰り返しながらも、もう余裕がないのが伝わってくる。

和磨が感じているのが伝わってくると、真子の内部は勝手に収縮し、和磨を苛《さいな》む。

「ああっ。も、もうっ」

和磨は声を荒らげ、ぐっと腰を突き上げてきた。

「ううっ」

「真子っ」

叫んだ和磨は、急激に昂《たかぶ》ったようで、激しく腰を動かし始めた。

「か、和磨……あ、んっ、あーーーっ」

「真子っ。ああっ！」

ビクッビクッと和磨が身を震わせる。

二度目に上りつめた快感はさらに強烈で、真子は耐え切れず、必死に和磨にしがみついた。

## 12　お邪魔虫の管理　～和磨～

翌日の昼休み。すでに昼食を食べ終わった和磨は、隣で弁当を食べている真子を見つめて、至福の思いに浸《ひた》っていた。

あー、しあわせだなぁ。

今日は邪魔な拓海がいないため、ふたりきりの昼食を満喫している。

拓海は業者との打ち合わせで外出していて、まだ帰らないのだ。昼には絶対に間に合わせると息巻いて出て行った拓海を思い出し、ついにやついてしまう。

残念だったな、拓海。真子は俺が独占だ。

「ああ、そうそう」

真子は何か思いついたようで、お箸《はし》を軽く振りつつ和磨に向いてきた。

お箸を振る様がまた可愛いなぁ。あー、真子を食べたい。

腹は満腹だが、性欲は満たされていない。早く仕事が終わらないものか。

「深田さんから聞いたんですけど、新山さん、大変だけどなんとかやれてるそうです」

新山か……そういえば、智慧からなんの連絡もないな。有能な人材を送るとは言ったが……智慧はそれが女とは思っていなかっただろうからな。

何事もなく受け入れられたはずはないんだが……そう考えると、少々気になってくる。

今日は木曜だから……新山が本社に行って、四日目か……

「野本さん、戻って来ませんね」

時計を見て、拓海のことを持ち出した真子は、少し心配そうな顔をする。

拓海は働き過ぎではないかと、真子はずっと気にしているのだ。拓海の受け持っている仕事の量は確かに多い。調整してやりたいのだが、拓海自身が嫌がるので、どうしようもなかった。

「そう心配するな。元気に出かけて行ったし、そろそろ戻ってくる」

「でも、お昼の時間をかなり過ぎちゃったし……お弁当を食べる時間がなくなっちゃいます」

真子はテーブルの上に置いてある拓海の弁当を見て言う。

「戻ったら、あいつが何て言おうと、俺がしっかり休憩を取らせる」

「今日は、わたしの仕事の手伝いはしなくていいって、言ってもらえます？」

「それは……無理だろ」

真子の仕事の手伝いは、いまの拓海にとって、なにより楽しみなはずだ。

「でも」

「いいから、あいつのことは俺に任せておけ。それより、もう食べ終わったのか？」

「はい。もうお腹いっぱいです。それじゃ、アンケートを……」

アンケート用紙に手を伸ばそうとする真子を、和磨は強引に抱き寄せた。

「か、和磨さん！」

「お邪魔虫の拓海がいないんだ。ちょっとだけ、君を味わいたい」

「そ、そんなダメですよ。野本さんも、もう戻ってくるかもしれない……んんっ」

和磨は有無を言わせず、真子の唇を塞《ふさ》いだ。抵抗していた真子も、キスが深まるにつれて、抗《あらが》う力が弱まる。調子に乗った和磨は、彼女の膝の裏に手を伸ばした。そのあたりをくすぐるように撫《な》でたら、真子が「ひゃん」と可愛く反応する。

「ダメ……」

弱々しく抵抗され、さらにそそられる。

真子の顎《あご》から首筋へと唇を這《は》わせ、軽く舌で舐《な》めて真子の肌を味わう。

うーん、いいなぁ。仕事の疲れも吹き飛ぶ。

真子の太腿のやわらかさを堪能していたら、突然ノックの音がして、和磨はぎょっとした。真子も目を見開き、物凄《ものすご》い勢いで和磨から離れて立ち上がった。そして、深呼吸するように息を吐く。

和磨はポケットからハンカチを素早く取り出し、唇についたに違いない口紅を拭《ぬぐ》う。

それから、なるべく冷静に「はい」と返事をした。

「野本です。失礼します」

ガチャッとドアが開けられる。

慌《あわ》てふためいた真子は、その場で意味もなくきょろきょろしていた。

拓海の奴……『入ってもよろしいですか？』と、一言聞いてほしかったぞ。

まあ、こいつはここにやってくることになっていたのだから、文句は言えないか。

入ってきた拓海は、まず妹に向き、「真子、ただいま」と声をかける。

「は、はい。お、お帰りなさいっ」

おいおい、真子。そんな風に動揺して答えたんじゃ、いけないことをしてましたと言っているようなものだぞ。

「野本、遅かったな」

真子の窮地を救ってやろうと、和磨は拓海にビジネス口調で話しかけた。

「ああ、はい。色々と問題が発生して……ですが、もう問題は処理できました」

「そうか。後で詳しく教えてくれ」

「わかりました」

「よし。なら、さっさと弁当を食えよ。真子はお前がなかなか戻らないから、ずっと心配していたんだぞ」

「そ、そうか。真子、ありがとう」

「い、いえ」

顔を赤らめて答えた真子は、今度は立っていることが気まずくなったかのように、すとんと椅子に座った。

拓海も向かい側に座り、急いで弁当を開けて食べ始める。

どうやら、ふたりが直前まで何をしていたか、拓海は気づいていないようだ。いや、というよりも、気づく余裕がないのか？

つまり、仕事のことで頭がいっぱいってことだな。それはそれで心配になるんだが。

真子も、拓海を見つめ、不安そうに眉を寄せている。

「拓海。いいか、何度も言うが、無理はするなよ」

拓海は食べ続けながら、和磨に目を向けてくる。

「無理をして倒れたりしたら、改造企画部から元の職場に戻すぞ」

「……それは、ちょっとだけ心が動くな」

拓海は真子を見て、嬉しそうに言う。

「それじゃ、そうするか？」

そう言ってやったら、拓海は軽く笑う。

「冗談に決まってるだろ。それに体調はすこぶるいいし、まったく心配いらない」

こいつときたら……俺たちはそう思えないから、口を酸《す》っぱくして同じことを言っているのに。

「改造企画部のお前の担当をいくつか減らすか？」

本気で言ったら、拓海に睨《にら》まれた。

「専務殿、私の仕事を横取りするおつもりですか？」

「拓海」

「わかってる。けど、この仕事から降ろされたくないし、減らされたくもない。このままやらせてもらいたいんだ。身体のほうは、充分気をつける」

真面目な顔でそんな風に言われたら、これ以上何も言えなくなる。

仕方がなさそうにため息を吐いたら、拓海は和磨に「ありがとう」と礼を言う。

「真子、君も、ありがとう」

真子に言葉をかけた拓海は、すぐに食事に戻った。

やれやれ、真子のためにも、拓海のことは、もっとしっかり管理しないとならないようだ。

## 13　言えない気後《きおく》れ　～真子～

土曜日。真子は和磨と一緒に、叔母の凜子を迎えにやってきた。凜子は昨夜、彼女の長年の友人である貴子《たかこ》のマンションに泊まったのだ。貴子とは真子も面識がある。凜子と一緒に住んでいた数年、互いの家を行き来して、貴子にはとても可愛がってもらった。

時間がなかったから、玄関先で顔を合わせて挨拶くらいしかできなかったのが残念だ。

できればもっとゆっくり話がしたかったけど……そんな雰囲気じゃなかったものね。

和磨の車の後部座席に乗り込む凜子を見て、真子は苦笑いしてしまう。凜子は初対面の和磨に対して、あまりいい印象を持たなかったようなのだ。

「なあに、真子?」

先行きを不安に思いつつ凜子のことを見つめていたものだから、叔母が怪訝そうに問いかけてくる。

「あ、うん……その……なんでもない」

「なんでもないじゃないでしょう？　ちゃんと答えなさい」

叱るように言われて顔をしかめた真子だが、あまりに叔母らしい発言でつい笑ってしまう。

和磨さんの第一印象はよくなかったかもしれないけど、これからだ。和磨さんのことだから、きっと上手《うま》いこと挽回してくれるに違いないわ。

「叔母さんがここにいるのが……なんか凄《すご》く嬉しくて……」

「お正月に会ったじゃないの」

「そうなんだけど……その、いまは和磨さんがいるし……色々あったから」

真子はそう言いつつ、助手席に乗り込んだ。

「確かに色々あったんでしょうよ」

凜子は運転席にいる和磨をじろりと見て言う。

「真子、何があったか、しっかり聞かせてもらうわよ」

「う、うん」

凜子に伝えなければならないことはたくさんある。それに、彼女に聞きたいことも。

「まずは、真子のアパートに向かえばいいでしょうか？」

和磨が凜子に尋ねる。

「ええ。そうしてちょうだい」

和磨は頷き、すぐに車を発進させた。

走行中、真子は凜子や凜子の家族の近況を尋ねる。和磨は真子の親戚の話題にとても興味を持ち、真子以上にあれこれ尋ねていた。

「早くお会いしたいですね」

「あなたの中では、わたしの家族に会うことは決定事項のようだけど、まだ早いんじゃないかしら？」

「僕は真子と結婚します。これは決定事項です。そうなると、おのずと……」

「和磨さん、あなた冗談で口にしてる？　それとも本気？」

「本気ですよ」

「電話でも思ったけど……あなたは、ひとをイライラさせるのがお上手ね」

「……すみません」

ふたりの会話をおろおろしながら聞いていた真子は、和磨が謝罪するのを見て慌《あわ》てて口を挟んだ。

「叔母さん！」

「真子、いいんだ。僕が凜子さんをイライラさせてしまったのは事実だからな」

「尊大かと思えば、素直なところもあるじゃないの」

「ありがとうございます」

「……はあっ」

和磨が嬉しそうに答えると、凜子はわざとらしく大きなため息を吐いた。

「ところで、凜子さんにひとつお願いがあるのですが」

「お願い？　聞きたくないわね」

まったく叔母さんってば……。わたしに言わせれば、叔母さんのほうが、よっぽど尊大な気がするんだけど……

咎《とが》めるように「叔母さん」と声をかけたら、和磨が宥《なだ》めるみたいに「真子」と声をかけてくる。

「だ、だって……」

「はいはい、わかったわよ。どんなお願いなのか、聞くだけ聞いてあげるわ」

「ありがとうございます。……もしお時間があれば、僕の実家にもいらしてくださいませんか？　両親や祖母も喜びます」

「……朝見グループ会長のお宅を訪問しろっていうの？　……眩暈《めまい》がするわ。真子」

凜子が後部座席から、真子をじっと見てくる。

「はい」

「あなたはもう、彼の実家に行ったの？」

「う、ううん」

「あなたはいいの？　わたしが彼の実家に行くってことは、あなたも一緒に行くってことなのよ」

その通りだ。和磨には言えないが、正直、真子はとんでもなく気後《きおく》れしていた。

## 14　山を越えて　～和磨～

真子のアパートに戻り、和磨は凜子と真子のあとから部屋に上がった。

セミダブルのベッドのある部屋は、大人が三人もいると、かなり狭く感じる。

黙って部屋を見回していた凜子は、表情に驚きを滲《にじ》ませていた。

何を驚いているんだろう？

「もっと、様変わりしているだろうと思ってたわ」

真子のほうを振り返りながら凜子が言う。

ああ、そうか。俺がここに住んでいるのに、部屋が以前と変わっていないことに驚いていたのか。

真子は凜子に向かって小さく頷いただけで何も言わなかった。すると凜子は、物問いたげに和磨へ視線を向けてくる。

「なんですか？」

「あなた、お金持ちなんでしょ？　この部屋を変えようとは思わなかったの？」

「そうですね」

和磨が苦笑しつつ答えると、凛子は剣呑な目を向けてきた。

「まあ、いいわ。で、あなたたち、いつから一緒に暮らし始めたの？」

さっそくきたか。

真子は焦って和磨を振り向く。和磨は安心させるように頷いた。

「ひと月ほど前からですね」

和磨は落ち着き払って答えた。

「それで？　付き合い始めたのは？」

その問いに、部屋の空気がピンと張りつめた気がした。真子はといえば、固まってしまっている。

「立ったまま話すのもなんですから、ひとまず座りませんか？　何か飲み物でも……」

いったん真子を落ち着かせようと、和磨はそう提案した。そして、真子を促《うなが》しキッチンに向かおうとしたのだが……

「ちょっと待ちなさい」

凛子に引き留められ、和磨は仕方なく足を止めて凛子に向き直った。

「か、和磨さん」

和磨の背中に張り付くようにして、テンパった真子が呼びかけてくる。

「飲み物なんてあとでいいわ。ふたりともここに座りなさい！」

凜子が命じるように言う。こうなったら素直に従うしかない。和磨は微妙に抵抗する真子を先に座らせ、その隣に自分も座った。

真子はガチガチになっている。和磨は多少なりとも緊張をほぐしてやろうと、彼女の背中をさすってやった。

「それで？」

真子がひどく動揺しているものだから、凜子はこれは何かあると思ったようだ。和磨は覚悟を決めて姿勢を正し、凜子に向かって口を開いた。

「正直に言います。僕らが付き合い始めたのも、このひと月のことです」

凜子が眉をひそめた。

「真子、そうなの？」

「は、はい」

「あなたたち、付き合い始めると同時に、同棲し始めたっていうの？」

呆れ果てたように言われる。

実際は、泊まるところがないと、俺が強引に泊めてもらったのが同棲の始まりだ。それに、そのときはまだ付き合ってはいなかった。

和磨は返事に迷う。肯定したほうがこの場は丸く収まるはずだ。でも……そうですと、嘘は言いたくない。

だが、ここで本当のことを言う必要があるだろうか？　確かに、真子の了解も取らず、あれこれ悪さをした事実もあるわけだが……いまの俺たちは愛し合っていて、すでに婚約までしたのだ。

そういえば、まだ凜子さんに婚約したことを伝えていなかったな。

「早く答えなさい！」

苛立った凜子が、テーブルを思い切り平手で叩いた。バシンという派手な音に、真子は正座した状態で面白いほど飛び上がる。

考え事をしていたので、つい返事が遅れてしまった。

真子を早く楽にしてやるべきだな。よし、決めた。正直にありのまま伝えるとしよう。

和磨は姿勢を正し、口を開いた。

「初めて泊めてもらったとき、僕たちはまだ付き合っていませんでした。ただ、僕は彼女に一目惚れしていたので、すでに付き合うこと……いえ、結婚することを考えていました」

「そう」

険しい顔で相槌《あいづち》を打った凜子は、次に真子のほうを向いた。

「真子、彼はこの部屋のどこに寝たの？」

厳しい問いかけに、真子は顔を引きつらせる。

「あ……あ、あの……」

真子は震えた声を出した。これは俺が助けてやらねば……

「凜子さん、僕が……」

「あなたは黙ってらっしゃい！」

凜子に怒鳴られ、和磨は仕方なく口を閉じた。

「あの……べ、ベッド……に……」

か細い声で真子が答える。和磨は奥歯を噛み締めた。

真子は何も悪くないのに……俺が強引にベッドで寝かせてもらったのだ。

「このベッドで一緒に寝たの？　それがどんなに常識外れなことか、わからなかったの？」

凜子が真子を責める。

くそっ！　もう黙っていられ……

「だって、嫌じゃなかったの！」

真子の潔白を訴えようとした和磨は、彼女の叫び声に驚いた。凜子はもっと驚いたようだ。

真子は興奮気味に言葉を続ける。

「わたし……ずっと寂しかった。ひとりきりの部屋が辛くて寂しくて……。ずっと、ずっと……寂しかった」

「真子……」

凜子が呆然として真子を見つめる。

「わたしだけのひとに出会いたくて……。奈々ちゃんがセッティングしてくれた、合コンにも何度も行ったけど、そういうひと全然現れなくて……」

ご、合コンだって？　そんな話、聞いていないぞ！

「わたしだけのひとなんて、この世にはいないんだって、諦めかけてた」

合コンという言葉に意識を持っていかれた和磨は、真子に手を強く握り締められて我に返った。

「和磨さんが一緒にいてくれるようになって、わたし寂しくなくなったの」

「寂しかったから、それで彼を泊めたの？」

「違う！　和磨さんだったから！」

真子は大きな声で叫んだ。

「和磨さんじゃなかったら……わたし、絶対に泊めたりしなかった」

俺だったから泊めた。そう思ってくれていたのか？

じわじわと安堵と喜びが湧き上がってくる。

「どうやら……」

思わず口にしてしまったらしい。ふたりが視線を向けてきて、和磨は照れ隠しに笑った。

「いまの君の言葉に……救われた」

「えっ？　あの、和磨さん、どういう……えっ？　お、叔母さん？」

和磨と凜子を交互に見ていた真子が、慌《あわ》てたように声を上げる。和磨も凜子を見ると、彼女は泣いていた。

「……な、なんでもないわ」

凜子は唇を震わせて言う。

真子は凜子の側に寄り添い、凜子の肩にそっと手を置いた。凜子はしばらく泣き続けた。

「……ごめんなさい。真子、ごめんなさい」

嗚咽《おえつ》を漏《も》らしながら、凜子は何度も真子に謝る。

「……叔母さん。ごめんなさい。わたし……余計なことを言っちゃって……」

「あんたが謝ることないのよ。わたしは、あんたがひとりで平然としていられるほど、強くないってわかってた。あんたが一人暮らしをしながら、凄《すご》く我慢してるってこともわかってた。あんたは、まだ十五歳だったのに……」

「お、叔母さん……」

「時々、十五歳のあんたが夢に出てくるの。あの頃のあんたが可哀想で、可哀想で……どんなに寂しかっただろうって……ずっと申し訳なく思ってた」

和磨はそっと立ち上がり、部屋から出た。だが、ふたりに何があったのか話は聞いておきたくて、ドアは閉めずにおいた。

「叔母さん、そうじゃないわ。叔母さんは何も悪くない。だって、わたしがひとり暮らしするって自分で言ったんだもの。なのに……寂しかったなんて口にしちゃって……ご、ごめんなさい」

「いいのよ。正直に言ってもらえて……逆にほっとしたわ」

そのあと、会話は聞こえなくなった。ただ、啜《すす》り泣く声だけが聞こえる。

和磨はゆっくりとお茶を淹《い》れ、凜子の好物だと聞いて買った和菓子を用意した。

すると凜子と真子の会話が聞こえてきた。先ほどより声が少し明るくなっている。

和磨はタイミングを見計らい、ふたりのところにお茶を運んでいった。緑茶と和菓子をテーブルに置くと、凜子から意外そうな顔で見られる。

「真子から、ここの和菓子がお好きだと聞いたので……」

「え、ええ。けどあなた、お茶を淹れられるのね。家事なんて、なんにもできないひとかと思ったわ」

「ひとり暮らしが長いので……料理もそれなりにできますよ」

「ひとり暮らし？　じゃあ、ここに転がり込んでくる前はどこに住んでたのよ？」

「叔母さん、和磨さんには、ちゃんと自分の家があるのよ」

「自分の家って……実家じゃなくて？　それ、どこにあるの？」

「津田《つだ》のほうです」

「まあ、津田なの？」

凜子が驚いたように言う。

「津田が、どうかしましたか？」

「実はね、昔、津田に住んでいたのよ」

昔、住んでいた？　それは生まれ育った家ということなのか？

「そうなんですか？　そういえば、この和菓子屋も津田の近くですね」

「叔母さん、あの辺りに住んでたことがあるの？」

どうやら真子も知らなかったことのようだ。

「ええ、実家があったところよ」

「実家が？　へーっ、そうなの？」

真子はそう言ってから、不思議そうに首を傾《かし》げる。

「わたし、お母さんと一緒に暮らしていたあのアパートだけが自分たちの家だと思っていたから……お母さんの生まれた家が、別にどこかにあるとか、考えてもみなかった」

「もう家はないけどね」

少し寂しそうに凜子が言う。

そんな凜子を見て、真子は顔を曇らせ「叔母さん」と呼びかける。だが、凜子は気にしていないというように笑みを浮かべ、和菓子を口に入れた。

「うん。やっぱり、ここのは美味《おい》しいわね」

満足そうに凜子は言う。すると真子も、和菓子を頬張る。

「ほんと、美味しい」

喜んでいるふたりを見て嬉しく思いつつも、津田にあったという芳崎家のことが気になる。もう家はないらしいが……真子は行ってみたいかもしれないな。


「ねぇ、和磨さん」

お茶を飲み、落ち着いたところで凜子が話しかけてきた。

「はい」

「あなた、本気で真子と結婚するつもりなの？」

「もちろんです」

るわけ？」

「実家に行って、家族に会ってほしいと言うけど、あなたの親族は、真子との結婚を認めてくれて
「実は、そのことについて、お知らせしたいことがあります」

「なあに？　実は大反対してる親族がいるとか言い出すの？」

「いえ、違います。そういうことではなく、先日、真治さんの経営するホテルで……」

「ああ、聞いたわ。ホテルのオープニングパーティーに参加したんですってね。真子、あなたどう
して報告しなかったのよ？」

「あ、う、うん。ごめん」

「あの、凜子さん。そのことを誰から……拓海さんですか？」

「ええ、そうよ」

なんだあいつ、凜子さんに質問ばかりされたと言っていたが、そういう話もちゃんと報告してた
んじゃないか。

こっちは事前に真子と相談して、婚約パーティーのことも、真子が野本の籍に入ったことも、直
接会ってから話そうと決めたから、凜子にはまだ何も伝えていなかったのだ。

……あいつ、どこまで話したんだろうな？　真子が野本の籍に入ったことも話したのか？

参ったな。拓海とも、しっかり打ち合わせしておくんだった。

「婚約パーティーのことも聞いた？」

すると真子が凜子にそう尋ねる。途端に凜子は、きゅっと眉を寄せた。

あっ、まずいな。どうやら聞いていなかったようだぞ。

「婚約パーティーってどういうことなの？」

「あ、あの……つ、つまり……わたしたちもびっくりして……」

「サプライズだったんですよ」

「サプライズ？」

「はい。僕らもまったく知らされていなかったんです。私の父が真治さんに持ちかけて計画したようでして。拓海さんも僕の母や祖母も直前まで知らされていなかったようなんです」

「そう。もう正式に婚約したわけなのね」

そう口にする凜子の視線が真子の手に向く。

「サプライズだったから、婚約指輪はまだ貰《もら》ってないの？」

「も、貰った。婚約パーティーの前日に貰ったの」

「……どうして指に嵌《は》めてないの？」

真子はその問いに、弱り果てている。だが、凜子にすれば当然の疑問だろう。

「そ、それは……いま、和磨さんに預かってもらっていて……」

「はい？　受け取った婚約指輪を、贈った本人に預かってもらってるなんて、おかしな話ね」

「そ、そうなんだけど……」

「和磨さん、どういうことなの？」

やれやれ、こちらにお鉢が回ってきたか。

あの指輪は、凜子さんには見せたくないな。きっと、石の大きさに呆れ返るに決まっている。

「実は、少々大きくて……」

和磨は、仕方なくそう伝えた。

「あら、なんだそういうこと」

凜子が、合点がいったというように頷く。和磨は眉をひそめた。

「和磨さん、見せてちょうだい」

そう言われては、見せないわけにはいかないか……

和磨はいつも持ち歩いている鞄から指輪のケースを取り出し、凜子に手渡した。

凜子はすぐにケースを開ける。そして、中から現れた指輪を見て動きを止めた。

「あの、叔母さん？」

真子が躊躇《ためら》いがちに声をかけると、凜子はこめかみを押さえた。

「大きいって、サイズがってことじゃなかったわけ？」

ああ、なるほど。凜子さんはそう思ったのか。納得していたら凜子にじろりと睨《にら》まれた。

「すみません」

なんとなく謝罪したほうがいいような気がして頭を下げると、驚いたことに凜子は声を上げて笑い出した。

「やっぱり金持ちのお坊ちゃんは、常識がないようだわね」

「反論できません」

憮然として言うと、さらに凜子の笑いが膨らむ。

こんな風に凜子から笑い飛ばしてもらえて、和磨は内心ほっとした。

「それにしても……いったい、いくらしたのか興味を引かれるけど……聞きたくないわね」

「凜子さん、ひとつだけ言わせてください。私は、この指輪を値段で選んだわけではありません。真子に似合うと思ったんです」

「和磨さん、これってローンを組んだの？」

「いいえ」

「親にもらったお金？」

「いいえ」

「たとえ、あなたが若くして専務という役職だとしても、こんな高価な指輪を即金で買えるものかしら？　突っ込んだことを聞いて悪いけど、ほかに何か収入を得ているわけ？」

確かに突っ込んだ質問だ。だが、この問いには、俺を信用してもらえるかがかかっている。

「投資もしていますし、私個人で、いくつかの事業を手がけています」

「あなた二十六歳だと言ってたわよね。大学を出て、まだ四年でしょ？」

「仕事は、中学の頃から始めていたので……」

「ちゅ、中学!?　だいそれた子ね。それで、どんな仕事を？」

「色々です」

「詳しく聞かせてちょうだい」

そのあとはお茶を飲みながら、仕事について根掘り葉掘り問い詰められる羽目になった。そしてその流れで、いまの会社の大改造に行きつき、大いに盛り上がった。『アサミテクノ』の前社長は、自分の気に入った社員ばかりを優遇するような独裁者だった。その社長が亡くなったことで、ようやく改革の手が入れられることになったのだ。それらの話を聞いた凜子は、前社長を最低だとこき下ろし、拓海の社内での活躍ぶりをなにより喜んだ。

「さすが、拓ちゃんだわ」

大改造をするにあたり、社内の各部署からえりすぐりの社員が選ばれ、その中に拓海も含まれていたと聞き、凜子は満足そうに頷いた。

「あの、叔母さん」

真子が凜子に呼びかけた。

「なあに？」

「聞かせてくれるって言ってた話のことだけど……どうしてわたしは、お母さんが亡くなるまで、叔母さんの存在を知らされてなかったの……？」

「ねぇ、真子、その話は野本に行ってからにしない？　わたし、早く拓ちゃんに会いたいわ」

そうだな。そろそろ行ったほうが良さそうだ。向こうも首を長くして、凜子の到着を待っているに違いない。

和磨は携帯を取り出した。

「では、これから向かうと、拓海に連絡を入れましょう」

手早く拓海に用件を伝えながら、和磨は胸を撫《な》で下ろしていた。

どうやら俺は、凜子さんに受け入れてもらえたと思ってよさそうだ。凜子さんはもう、ふたりの結婚に反対する意思を見せていない。一番の山は越えられたと思っていいんじゃないだろうか？

## 15　切なすぎる過去　～真子～

「真子、玄関の入り口に、素敵な絵手紙が飾ってあるじゃないの」

お手洗いから戻ってきた凜子が言う。

気づいてもらえて嬉しくなる。

和磨の母から貰《もら》った絵手紙……どこに飾ろうか真子が決められずにいたら、和磨が玄関口の壁がいいんじゃないかと提案してくれたのだ。飾ってみると、玄関の雰囲気ががらりと変わった。とても温かな感じになった気がする。

和磨さんにそう伝えたら、『どんなものにも固有のパワーがこもっているからだろうな』と言われて、わたし、妙に納得してしまったのよね。

「真澄が桔梗《ききょう》を好きだったのを思い出したわ」

凜子が懐かしそうに口にし、真子の胸もジンとしてしまう。

「わたしも、これを見て思い出したの。それで……」

次の言葉を口にしようか迷っていたら、凜子が「それで？」と、催促してくる。

「その……お母さんとのことを思い出して……泣いちゃって」

照れながら言ったら、凜子は真面目な顔を向けてくる。

「思い出せるようになったの？」

やさしく問われて、真子は自分を見つめる凜子の目を、じっと見返した。

「真澄のこと」

その言葉に過去がフラッシュバックする。凜子と同居している間、母との暮らしについて何度も尋ねられたけど……真子はそのたびに笑って誤魔化して、母の話題から逃げていた。

思い出すのが辛かった。母の死を受け止められそうもなくて……。でも、そんなわたしの気持ちを汲《く》んで、叔母さんはずっとそのことに触れないでいてくれた。でも、いまなら……

「う……うん。少し……ずつ」

「そう」

凜子がぎゅっと真子の手を握り締めてきた。

「叔母さん？」

「よかったと、思って……」

凜子が手で瞼《まぶた》を押さえ、真子はおろおろしてしまう。

「お、叔母さん」

「いいの……泣かせておいて……嬉しいんだから……」

涙声で凜子は言い、真子の手を掴《つか》んだまま静かに泣き続ける。

どうしていいかわからず困ったけれど、真子は凜子の肩にそっと手を置き、身を寄せた。

「叔母さん、ありがとう」

自分のことで涙を流してくれる、凜子という存在がいることに、真子は心の底から感謝した。


そろそろ野本の家に行こうということになり、三人して玄関に向かう。

真子は玄関に飾ってある絵手紙を見て、凜子に話しかけた。

「叔母さん、この絵手紙はね、和磨さんのお母さんが描いたものなの」

「まあ、そうなの？」

絵手紙を見つめた凜子は、「才能のある方なのね」と感心して言う。

「和磨さんのお母様だけじゃなくて、お祖母様《ばあ》も画家なのよ。実はね、ホテルのオープニングパーティーで絵画展をされていて、そこで絵を見せてもらったの。でね、そのとき、この桔梗《ききょう》の絵手紙をいただいたの」

「まあ、芸術一家なの？　大丈夫かしら、近寄りがたいひとたちじゃないといいけど」

凜子が顔をしかめるのを見て、和磨は慌《あわ》てて取りなす。

「そんなことはありませんよ。気の強いところはありますが、祖母は気さくなひとです」

「あら」

何を思ったのか凜子はそんな呟《つぶや》きを漏《も》らし、和磨をじっと見る。

「凜子さん、なんでしょうか？」

「そっくりなんじゃないかと思って。あなたとお祖母さん」

その言葉に真子は首を傾《かし》げた。和磨さんはお祖母様よりも、お父様に似てると思うな。

「そっくりということはないと思うんですが」

和磨は少し心外そうに言う。和磨さんったら、お祖母様《ばあ》に似てると言われるのが嫌みたい。

「そう？」

凜子は和磨にからかうような目を向ける。

「祖母は竹を割ったみたいな性格です。僕よりも、凜子さんに似ていると思いますよ」

「それって褒《ほ》めてるつもり？」

「もちろんです」

「ぷっ」

和磨と凜子のやり取りに、真子は思わず噴き出してしまった。ふたりが真子のほうを向く。

「え、えーっと、そろそろ行かないと、野本さんが待ちくたびれちゃうかと」

「それもそうね」

凜子が頷き、それぞれ荷物を持ってアパートを出ようとしたのだが……

真子は、母が父に宛てた手紙の入った籠がしまってある、クローゼットを見つめる。

「持って行くか？」

和磨が問いかけてきた。ふたりのやり取りに気づき、凜子も顔を向けてくる。

「もしかして、真澄の手紙？」

真子は頷いた。

「お父さんに渡そうかと思うんだけど……どう思う？」

真子はふたりに問いかけた。

「そうだな。一応、車に載せておいて、渡せる雰囲気だったら、渡すってことでどうだ？」

「わたしも、それでいいんじゃないかと思うわ」

ふたりからそう言われて、真子はクローゼットから手紙の入った籠を引っぱり出す。

お母さんがお父さんに宛てて書いた手紙……もしかしたら、ようやくお父さんに渡せるかも……

でも、この手紙は、きっとお父さんを苦しめるよね？

「渡すのを、躊躇《ためら》ってしまうか？」

「ええ。だってお母さんはもう亡くなってるのに……これを読んだら、お父さん、きっと……」

「苦しめばいいし、泣けばいいいんじゃないの？」

「お、叔母さん？」

「けど、苦しもうが泣こうが……真治さんは、真澄の思いを知りたいだろうし、受け止めたいはずよ。あんたは真治さんを苦しませたくないって思ってるようだけど……決して苦しむだけじゃないんじゃないの？」

「……うん。そうよね」

真子は強く頷き、籠を持ち上げた。

「重そうね」

「うん。お母さんの思いは、軽くはないから」

「上手《うま》いことを言うじゃないの、真子」

凛子がくすくす笑い出し、真子も笑い返した。おかげで少し胸のつかえが取れた。

手紙の入った籠が、和磨の車のトランクに収められる。

ようやく野本に……父のもとに運ばれて行くんだ。

そう思ったら、真子の胸が切なく疼《うず》いた。


近づいてくる野本の家を見て、真子はさりげなく後ろの凛子の様子を窺《うかが》ってみた。

凛子は唇を噛み締め、窓の外を眺めている。

「凛子さん、野本の家に行かれたことはあるんですか？」

和磨の問いに、凛子は渋い顔をする。

「……嫌なことを聞くわね」

「嫌なことなんですか？」

「はあっ。……何回行ったかしらね。あまり歓迎されてなかったから……」

「それは真治さん、それとも……真子の祖母――」

「やめてっ！」

和磨が『祖母』と口にした途端、凛子は拒絶するように叫んだ。どうやら彼女も、拓海同様、野本の祖母を嫌っているらしい。

お母さんも、みんなと同じように、お義祖母《ばあ》さんのことを嫌っていたのかな？

「なるべく考えないようにしてるのよ。そうじゃないと……自分の首を絞めそうになるから」

「お、叔母さん？」

「真澄のことでは後悔ばかりよ。どうしてあのときこうしなかったんだろう、どうしてもっと真澄の気持ちになって考えてやらなかったんだろうって……でも……真澄は死んじゃった。なにもかも……いまさら……」

凜子は苦しげに唇を歪めた。大きく息を吸って自分を落ち着かせようとしている。泣くのを堪《こら》えているのがひしひしと伝わってきて、真子も泣きそうになってしまう。

そのあと野本の屋敷に到着するまで、誰も口をきかなかった。


野本家に着くと、拓海に真治、それから梅子の三人が、揃って真子たちを出迎えてくれた。

拓海は興奮気味に凜子に駆け寄ってくる。

「凜子叔母さん、拓海です。初めまして」

「まあまあ、拓ちゃんなのね。こんなに立派になっちゃって」

凜子は拓海の顔を見た瞬間、感極まったようで、慌《あわ》ててハンカチを目に当てた。

真治はそんな凜子を黙って見つめている。真子は父に歩み寄り、小さく「お父さん」と声をかけた。

「真子」

真子は父に向けてうんうんと頷いた。真子の気持ちが伝わったようで、真治は少し微笑んでくれた。

それから居間に通され、真子は凜子や和磨と並んでソファに座った。だが、場の雰囲気はなかなか落ち着かない。真子もそわそわしてしまい、救いを求めるように和磨と目を合わせた。和磨は、真子を安心させるみたいに笑みを浮かべる。

「あの、本当によく来てくれました。凜子さん」

真治が硬い声で挨拶した。真子は向かい合っている父と叔母に、顔を向ける。

「また、ここに足を運ぶことになるなんて、思ってもいなかったわ」

「凜子さん……」

真治は、まるで喉《のど》に何か詰まったかのように、そのあとの言葉が続けられないでいる。拓海が父を気遣い、「父さん？」と声をかけた。

「……あ、ああ……すまない。情けないな」

真治は一度手のひらで顔を拭《ぬぐ》ってから、改めて凜子に向き直る。

「私は……貴女《あなた》に合わせる顔がない」

そう言って、真治は深く頭を下げた。そして頭を下げたまま、言葉を続ける。

「私は、真澄と結婚する際に、貴女に真澄を絶対にしあわせにすると宣言した。なのに……こんなことになって……」

「あなたに対する憤《いきどお》りは消えないわ。でもわたしは、自分にも憤ってるの。だから、顔を上げてちょうだい、真治さん」

凛子の言葉に、真治はゆっくりと顔を上げる。その顔は蒼白で真子は心配になった。

お父さん……

「真澄は、真治さんと結婚して、とてもしあわせそうだった。わたしは、きっと何があっても……真澄には真治さんがついているんだから大丈夫だろうって思ってしまったのよ」

後悔を滲《にじ》ませて凛子は言う。凛子としては真治を責めているわけではないのだろうが、真治は凛子の一言一言に、苦しげに顔を歪める。

父の気持ちは痛いほどわかる。それでも、父と叔母が和解するためには過去のことを話し合う必要があるのだ。真子は黙ってふたりを見守った。

「なのに、あの女の罠に嵌《はま》って、この家から追い出されていたなんて……しかも、真澄は真子を身ごもっていたっていうのに……」

凛子の表情は憎しみの感情で歪んでいる。それは拓海も同じだった。ふたりが憎しみを抱いていることが、真子は辛かった。憎しみを抱えるというのは、ひどく苦しいことだ。

「あの女のせいで、真澄はしなくてもいい苦労をすることになった。それがなければ、真澄はこんなに早く死ぬことはなかったかもしれないのに……」

そこで凛子は、ハッとしたように口をつぐみ、気まずそうに視線を逸《そ》らした。

「ごめんなさい。あなたたちの気持ちに配慮せずに……言わなくていいことを口にしてしまったわ」

「いや、凛子さん、いいんだ。だが、悪いのは、誰でもないこの私なんだ。私が真澄を信じてさえいれば……」

悔恨《かいこん》の思いを苦しげに口にし、真治は力なく項垂《うなだ》れる。

「お父さん」

もう黙っていられず、思わず父に呼びかけた真子だが、情けないことにそれ以上かける言葉が見つからない。

真治の隣に座っている拓海は、父の肩を力づけるように何度も叩いていたが、「叔母さん」と凜子に呼びかけた。

「なあに、拓ちゃん？」

真剣な顔つきの甥《おい》を見て、凜子も自然と姿勢を正す。

野本さん、叔母さんに何を言うのかしら？

「教えてください。どうして母が亡くなったときに、僕らに知らせてくれなかったんです？　叔母さんは僕らに教えることができたのに……そうしてくれなかった」

拓海は恨むように凜子を見つめる。凜子は返す言葉がないらしく俯《うつむ》いてしまった。

「ごめんなさい」

「謝ってほしいわけではないんです。僕はただ、理由が知りたい」

「……真治さん、本当のことを言ってもいい？」

「ええ、もちろんです」

真治が頷く。凜子は頷き返して、口を開いた。

「真治さんが許せなかったからよ。どんなにあの女が悪かろうと、真治さんは真澄を守ってくれると信じていたのに、真澄は離婚されて、この家から追い出されていた。たとえどんな理由があろうと、わたしは真治さんを許せなかった。だから連絡しなかったのよ。ねぇ、真治さん。どうしてあなたは、真澄だけじゃなく、娘の真子のことまで放置していたの？」

「……」

真治は黙り込んだまま返事をしない。そんな父に焦《じ》れたように拓海が「父さん」と呼びかけた。

「何か理由があるんだろう？　父さんが母さんや真子を、理由もなくほったらかしにするなんて僕には思えない。何があったか、聞かせてくれないかな？」

「……話さないわけには……いかないだろうな」

拓海が頷くと、真治はため息を吐く。そしてようやく重い口を開いた。

「私は、真澄が私に愛想を尽かして出て行ったのだと思ったんだ」

「どうしてそんな風に思ったの？」

凜子が真治に聞く。

「真澄には……その……とても親しい男性がいた」

「親しい男性？　それって、高坂《こうさか》のことを言ってるの？」

「いったい、そのひとは誰なんですか？」

拓海は眉をひそめて凜子に尋ねた。

「わたしたちの幼馴染よ。真治さん、まさかあなた、ふたりの仲を疑ってたの？」

真治は気まずそうに頷く。

「ふたりの仲は良すぎた。それに、高坂は真澄のことを女性として愛していた。わたしは、常にふたりの仲に嫉妬していた。だから、真澄が離婚届に判を押して出て行ったと知って……彼女は高坂のもとに行ったのだと信じ込んでしまった」

「そういうことか……それで父さんは母さんのことを探さなかったんだ」

そうだった。初めて会ったとき、お父さんは、お母さんが再婚していると思い込んでいた。

「真澄は、彼を兄のように慕っていただけよ」

「真澄もそう言っていた。……けれど、私は信じられなかった。それで口論になって……そのすぐあと、私は仕事で一ヶ月ほど海外に行くことになった。戻ったとき、真澄は家からいなくなっていた。そうしたら、あのひと……義母が、離婚届を差し出してきて、真澄は私に愛想を尽かして高坂のもとに行ったと……」

「あの女、父さんにはそんな嘘をついたのか！」

拓海が激昂《げっこう》して叫ぶ。

「いや、私が真澄を信じていれば、そんな嘘に踊らされずにすんだんだ。私は嫉妬で何も見えなくなっていた。真澄に捨てられたのだと思い込んで……本当に情けない男だ、私は……」

「真澄が再婚したと思っていたから、あなたは真子が生まれても、会おうとしなかったの？」

凜子の問いかけに、眞治は疲れたように頷く。

「しばらくあと、真澄が弁護士を通して、子どもを認知してほしいと言ってきた。そこで初めて、彼女が妊娠していたと知った」

過去が明らかになるにつれ、真子はなんとも切ない気持ちに囚《とら》われた。こんなにも愛し合う者同士が、ちょっとしたことで心がすれ違ってしまうなんて。

「娘が生まれた。真子と名付けたと、それだけ教えてもらった。……生まれたばかりの娘に、真子に会いたくて堪《たま》らなかった。……そうさせてくれない真澄を……そして高坂を、私は憎んだ」

あまりに痛々しくて涙が出た。真子は声を殺して泣いた。

「嘘を信じ込み、見当外れな憎しみをずっと抱いて生きてきた。すでに真澄はこの世からいなくなっていたというのに……本当に私は、愚《おろ》かだ」

真治は呟《つぶや》き、静かに涙を零《こぼ》す。

「愛はひとを愚かにする。真治さん、貴方《あなた》だけではありませんよ」

「……慰めにはならないな、和磨君」

真治はそう言って泣き笑いする。そんな父の姿に、真子は胸がつぶれそうに痛んだ。

「少しばかり……ひとりになりたいんだが、いいかな」

真治がよろめきながら立ち上がろうとするのを見て、真子は勢いよく立ち上がった。

「ダメ！」

憤《いきどお》りを込めて真子は叫んだ。真治が驚いたように身を竦《すく》ませる。

「ひとりになってどうするの？　それで辛い気持ちが癒《いや》されるの？　ここに家族がいるのに、どうしてひとりになろうとするの！」

「真子……私は……」

「なんでも話せばいいじゃない。話す家族がこうしてここにいるんだもの。お父さんは、ひとりじゃないのよ？　なのにひとりになって、自分を責めて苦しめるの？　わたし、そんなこと絶対にして欲しくない！」

憤りに駆られた真子は、地団太《じだんだ》を踏みながら叫ぶように言った。

「真子……」

「お母さん、絶対に悲しんでるわ。お父さんがそうやって苦しんでるから。お父さんにはそれがわからないの⁉」

「真子、真子、すまない……」

背を丸めた真治は片手で顔を覆い、声を押し殺して咽《むせ》び泣く。

激しく気を高ぶらせたために息を切らせた真子も、父親に縋《すが》りつきながら一緒になって泣いた。

## 16　謎の答え　～和磨～

「どうだ。少しは落ち着いたか？」

和磨は隣を歩いている真子に、やさしく尋ねた。

真子はこくんと頷く。

気分転換にと、和磨は真子を庭に連れ出した。凜子もふたりのあとから庭に出てきて、少し離れたところでしゃがみ込み、池の中を覗《のぞ》き込んでいる。

拓海はそのまま部屋に残って、父親の側についてやっている。

すぐに消化できることではないだろう。いったん休憩を挟むことで、それぞれが自分の気持ちを整理したほうがいい。

「あんな風に怒鳴っちゃって……恥ずかしいです」

真子は気まずそうにぼそぼそ言う。

「君は正しいことを言った。あのときの真治さんに必要な言葉で、適切だったと僕は思うぞ」

「そ、そう？」

真子はほっとしたみたいに聞き返してくる。和磨は「ああ」と強く肯定してやった。

真治さんも言っていたように、真治さんが真澄さんを信じていれば、義母の嘘に踊らされずにすんだのだろう。真治さんが、嫉妬で物事を冷静に見られなかったせいで……真澄さんとの関係を修復できぬまま、一家はバラバラになってしまった。

もし、そんなことがなければ、真子は家族とともにしあわせな暮らしをしていたのだろうか……

和磨は小さく息をついた。

いまさら、過去をあれこれ考えたところで無意味だな。

現実に目を向け、いまをどうしあわせに生きるかが大切なのだ。みんながしあわせであることを、きっと真澄さんも望んでいるだろうからな。

「和磨さん」

「うん、なんだ？」

「……わたしは、この家に住んで、お父さんの側にいてあげるべきでしょうか？」

真子が持ち出してきた相談事に、和磨はどんな顔をしていいか困った。このことは前にもふたりで話したことがあった。そのときは、真子も兄や父の存在を知ったばかりで……和磨と一緒に暮らしたいと言ってくれた。だが、いまはあのときと状況が違う。

俺だって、真治さんのためには、真子が一緒に暮らしてやるほうがいいと思うさ……けど、そうしてやれとは口にしたくない。俺も真子と暮らし続けたい。

「和磨さん？」

答えを催促され、和磨はため息をついてしまう。ここで我を通すことはできないよな……

「和磨さん？」

「……すまない。そうだな。真治さんのためには、そうするのがいいだろうな」

「そうですよね」

そう答える真子は、しょんぼりと項垂《うなだ》れる。

「わたし……身体がふたつ欲しいです」

困ったように真子が言うので、和磨は笑った。

「真子、やめてくれ。君の身体がふたつになるなんて、僕はどっちの君を愛せばいいのかわからないだろ？」

「そ、それもそうですね。わたしも和磨さんがふたりいたら、すっごい困ります」

お互いにそう言い合い、ふたりは顔を見合わせて笑った。

そのおかげで少し気持ちがすっきりする。和磨は改めて「真子」と呼びかけた。

「はい」

「真治さんには君が必要だと思う。けど……」

「けど？」

「僕にも君が必要だ。そして君にも僕が必要だ。というわけで、この件に関して答えを出すのは、もう少し待ってくれないか？」

こんな提案はズルいよな。だが、俺は聖人君子じゃない。

「それでいいと思います？」

やれやれ、そんなふうに聞き返されると、良心が痛むじゃないか。

それでも、真子が野本の家で暮らすようになれば、ふたりの距離はいまよりも絶対に遠くなる。

和磨が野本家に泊まりにくるのにも、限界があるだろう。ならば……

「その代わり、野本の家にふたりで泊まりに来よう」

その提案に、素直な真子は嬉しそうに頷いてくれたが、和磨の脳裏には真治の顔が浮かぶ。

罪悪感が込み上げた和磨は、心の中で真治に謝った。

すみません。俺はどうあっても、真子と離れたくない。この思いを知ったら、拓海は黙っていないかもしれないが……

真子と会話しながら庭園の中を一回りして、凜子のいる池まで戻ってきた。

「叔母さん」

真子が遠慮がちに声をかける。物思いにふけっていた凜子が顔を上げ、こちらを見た途端、なぜか渋い顔をする。

「叔母さん？」

「お似合いだわ」

凜子ときたら、ずいぶん面白くなさそうに言う。

「それなら、どうして渋い顔をされるんです？」

「わかってて聞かないで」

凜子がむっとして言うので、和磨は「すみません」と謝りながら笑った。

「あ、あの……叔母さん」

「なあに？」

呼びかけてきた真子に、凜子は顔をしかめる。いったいどんな質問をされるのかと、警戒しているようだ。

「わたしが、ずっと叔母さんの存在を知らなかった理由について、そろそろ教えてくれないかなって……」

おずおずと問われ、凜子はきゅっと眉を寄せた。その直後、凜子の視線が真子や和磨の後方に向けられる。気になって振り返って見ると、拓海と真治が揃ってやってくるところだった。

「昼食にしませんか？」

拓海が笑顔で声をかけてくる。

もう昼時か……確かに腹が減ったな。

「もうそんな時間なの？」

凜子は腕時計で時間を確かめている。

「叔母さん！」

また話を先延ばしにされると思ったのか、真子は慌《あわ》てたように呼びかけた。そんな真子に、凜子はやれやれと肩を竦《すく》めた。

「ちゃんと話すわよ」

「なら、いまがいい。もう待てない」

おっ、真子にしては頑張るじゃないか。

もちろん、和磨としても謎の答えが早く知りたいので、心の中で彼女を応援する。

「いったいなんの話だい？」

気になったようで、拓海が話に割って入ってきた。

「凜子さんの存在を、真子が知らなかったのは何故かという話だ」

「えっ？　あの、それはどういうことなんだ？」

今度は真治が戸惑ったように聞き返してきた。

「もおっ。収拾がつかなくなってしまったじゃないの。真子、もう少し考えて話を切り出してちょうだいよ」

「だ、だって……叔母さんが、話をはぐらかしてばっかりだから……」

「あら、わたしが悪いの？」

「そ、そうは言わないけど……」

いや、凜子さんが悪いと俺は思うぞ。と思ったが、凜子の機嫌を悪くしては困るので黙っておく。

「仕方ないわね……。わたしはね、真子、ずっとアメリカにいたのよ」

やはりか。和磨はそう思ったが、真子は目を丸くしている。そんなこととは思いもしていなかったという顔だ。すると拓海が、ここぞとばかりに質問をする。

「アメリカにいたから、叔母さんは母と音信不通だったんですか？」

「いいえ。手紙でときどき連絡を取り合っていたわ」

「手紙だけ？　電話は？」

「その頃は、直接連絡することはなくなっていたのよ。真澄が亡くなったあと、彼女がどういう状況にいたのかわかって、色々と納得したわ」

「叔母さん、それはどういうことです？」

「わたしはね、拓ちゃん。あちらにいる間、真澄が離婚していたなんてまったく知らなかったの。真子とふたりきりで暮らしていることもね……。真澄がたまにくれる手紙には、必ず家族四人でしあわせに暮らしていますと書いてあったから」

「母さんは、どうしてそんな嘘を？」

拓海は眉をひそめて凜子に聞く。

「わたしに心配をかけたくなかったんでしょうね。真澄の状況を知れば、わたしが仕事を捨てて帰国するとわかっていただろうから……」

「仕事を捨てて……あっ、ま、まさか」

真子が驚いて叫び、凜子はため息をつきながら「だから、言いたくなかったのよ」と呟《つぶや》く。

そういうことだったか。真澄さんが真子に叔母の存在を教えなかったのは、凜子さんに嘘をつき続けていたからだったんだな。そして、凜子さんがそのことを真子に内緒にしていたのは、日本に戻るためにアメリカでの仕事を辞めざるを得なかったから。それを知れば真子が気にすると思って、隠すことにしたのだろう。

「真子、わたしはちっとも後悔してないわよ」

「で、でも叔母さん、わたしの面倒を見るために……アメリカでの仕事を辞めることになったんでしょう?」

「そうよ。でも、わたしは後悔なんかしてないの。それに、日本に戻ってきたおかげで、夫と出会えたのよ。わたしは、いましあわせなの。だから、そのことであんたが気に病《や》むことはないのよ。わかった?」

「……う、うん」

わだかまりを心に残しながら真子は頷いた。すると、話しかけるタイミングを待っていたのか、「あの、叔母さん」と、拓海が凜子に話しかけた。

「なあに、拓ちゃん」

「母の手紙……よかったら見せてもらえませんか？」

「私にも見せてもらいたい」

拓海と真治のふたりから頼み込まれた凜子は、小さく笑い、「実は持ってきてるの」と言う。その言葉に、拓海と真治は揃って瞳を輝かせた。

「本当ですか！」

「それじゃ、すぐにでも！」

真治と拓海は、鬼気迫る勢いといった感じで、凜子に歩み寄る。

真澄さんが凜子さんに宛てた手紙に、ここまで反応するとは……まあ、当然かと思うが……

これで、あの籠いっぱいの手紙の存在を知ったら、どうなるんだろうな？

あの手紙のことを伝えるのは、昼食のあとにするのがよさそうだ。そうでないと、たぶん全員昼食どころじゃなくなるだろうからな。

それに梅子さんだって、昼食の準備を整えて、みんなが戻るのを待っているんだろうし……

そう考えているところに、「皆様」と梅子の遠慮がちな声が聞こえた。振り向くと、玄関先に梅子が出て来ている。

なかなかみんながやって来ないので、呼びに出てきたのだろう。

「梅さん、すまない。少し話し込んでしまっていた」

真治が梅子に声をかける。

「いいえ」

「それじゃ、とにかく昼食にしようか。話の続きはそれからってことにしよう」

拓海がそう結論を出し、みんな素直に従う。

いいタイミングで出てきてくれた梅子に、和磨は感謝した。

## 17　宛先を見つけた手紙　～真子～

昼食を終えると、凜子は梅子の手伝いを始めた。梅子はとんでもございませんと断ったが、気晴らしになるからやらせて欲しいと頼み込まれて、断り切れなかったようだ。真子も一緒に手伝おうとしたけれど、三人も必要ないわと、凜子に台所から追い出されてしまった。

「叔母さんったら」

仲間外れにされた気分だ。台所を出たところでつまらなそうにしていると、和磨がやって来た。

「和磨さん、どうかしたんですか？」

すると和磨は、ぐっと真子との距離を縮め、顔を近づけてきた。まさか、こんなところでキスするつもりかと慌《あわ》てたら、耳元で囁《ささや》いてくる。

「真澄さんの手紙のことをふたりに伝えるなら、いまがチャンスだぞ」

な、なんだ。キスじゃ……え、えっ？　手紙……チャンス？

「わ、わかりました」

焦って答えたものの、なんだか無性に腹が立ってきた。

もおっ。勘違いしちゃった自分が恥ずかしいんですけどぉ。

「うん？　どうしてむっとしてるんだ？」

「なんでもありません」

「なんでもないという顔じゃないが」

「いいんです。気にしないでください。それより、手紙ですけど……凛子叔母さんが手伝いを終えるまで待ったほうがいいと思うんですけど」

「凛子さんは同席しなくてもいいんじゃないか？」

「どうしてですか？」

「真澄さんが真治さんに宛てた手紙だ。君から真治さんに手渡せばそれでいいんじゃないか？」

「言われてみれば、そうですよね……」

和磨さんの言う通りだ。あの手紙はお父さんに宛てたもの。読むのはお父さんだけなんだ。

お母さんが、お父さんに向けて、どんなことを綴《つづ》っているのかわたしも知りたいけど……

「でも……大丈夫かしら、お父さん」

「ぼくたちが心配しても仕方ない。君は真澄さんから託された手紙を真治さんに手渡す。それで君は役割を終えるんだ」

お母さんから託された手紙……お父さんに渡すことがわたしの役割……

「わかりました」

「よし。それじゃ、行って来い」

「ええっ！　和磨さん、一緒にいてくれないんですか？」

「僕は、車から籠を取ってくる」

そう答えて、和磨はさっさと行ってしまう。

「もおっ」

その場に取り残されて、ため息をつく。だが、役割を実行するしかないと腹を括《くく》った。

前に進まなきゃね。

真子が真治と拓海のいる部屋に戻ると、話し込んでいたらしいふたりがこちらを振り向く。

「真子」

「あ、あの、片付けを手伝わせてもらおうとしたら……叔母さんに追い返されちゃって……」

「叔母さんにか……くくっ。叔母さんらしいな」

拓海が楽しそうに笑う。

「ねぇ、父さん。叔母さんと母さんは似てるところがあるの？」

「いや。あまり似ていないな。凛子さんは行動的で、真澄はそんな凛子さんを見守っているという感じだった」

「母さんは、そんなにおとなしい性格だったわけ？」

「そうでもない」

「やさしかったが……言いたいことははっきり言っていた。……真子に似ているな」

「わたしに？」

そうだろうか？　自分ではよくわからないけど……でも、母に似ていると言われると、嬉しい。

「真子、座ったら」

拓海にソファを勧められたが、手紙のことをどう切り出そうかと考え込んでしまう。早くしないと、和磨が籠を抱えて戻って来てしまう。

なんだ、まだ話してなかったのか？　と呆れる和磨が頭に浮かび、真子は心を決めてふたりに向き直った。

「あの、実はね……」

「うん？　なんだい真子。何か話があるのか？」

「そ、そうなの。その……実は、お母さんが遺《のこ》した手紙があって……」

「真澄の手紙？」

「真子、その手紙って、ここに持ってきてるのか？」

「はい。いま、和磨さんが取りに行ってくれてるの」

「和磨が？」

「車のトランクに入れてきたから」

「それで……その手紙、僕らにも見せてもらえるのか？　真子」

拓海に聞かれ、ちょっと答えに困る。

「……お父さん宛てだから」

「私？」

真子が頷いたそのとき、和磨が手紙の入った籠を抱えて部屋に入って来た。

この籠……こうして別のところで見ると、かなり古めかしいな。

「和磨、お前何を持って来たんだ？」

拓海が戸惑って聞く。すると和磨は真子のほうを向く。

「なんだ、まだ話していなかったのか？」

「そんなことないです。ちゃんと話しました」

「そうか……」

和磨は、ふたりのほうへ籠を運んでいく。そして目の前のテーブルに置いた。

「いったい何が入ってるんだね？」

真治に聞かれ、真子は「だから……手紙です」と答えた。真治は眉を寄せ、籠をじっと見る。

まさかこの籠いっぱいに、手紙が入っているとは思わないだろうな。

「手紙？　真澄が私に宛てた手紙が、この中に入っているのかい？」

「はい」

「父さん、とにかく開けてみたらどうかな？」

「あ、ああ……そうだな。それじゃ……」

戸惑いながらも、真治は籠の蓋《ふた》に手をかける。そして恐る恐るといった手つきで蓋を開けた。

真治は、籠の中の大量の手紙を見て、時が止まったように固まっている。そんな父を見つめ、真子は胸がいっぱいになった。

「これ……全部、母さんが父さんに書いた手紙なのか？」

拓海は目を見開き、信じられないといわんばかりに呟《つぶや》く。

ようやく真治が動いた。真治は手で口を押さえ、喘《あえ》ぐように大きく息を吸い込んだ。

「父さん、大丈夫？」

「……何と言っていいのか……」

「読んでみる？」

「いや……」

真治はそう答えつつ、手紙に手を伸ばす。だがその指はひどく震えていた。

一通を手に取り、真治は、『真治さんへ』という文字をじっと見据える。

「真澄の字だ……真澄の……」

感極まったように呟いた真治の目から、とめどなく涙が溢《あふ》れた。

手のひらで目を覆い、身体を震わせて泣き続ける真治を見つめ、真子も涙を堪《こら》えられなかった。

# 18　不意をつくお礼　～和磨～

「真子、よかったな」

和磨はベッドに並んで腰かけている真子に言った。この部屋は、今夜和磨が泊まることになった客間だ。六畳の部屋にシングルベッドがひとつ置いてある。真子は、この隣の部屋に、凜子とふたりで泊まることになっている。そちらにはシングルベッドがふたつあった。部屋に案内されたときに梅子からこっそり聞いたのだが、真子と和磨がいつでも泊まれるようにと、用意していてくれたらしい。

「なんか、もう頭がいっぱいで……考えがまとめられないです」

「ゆっくり整理していけばいいさ」

真子はこくんと頷く。

「お父さん、もうお母さんの手紙を読んでるのかしら？」

「どうだろうな」

真治と拓海に手紙を渡したあと、しばらく場を外したほうがいいだろうと、真子とともにこちらの部屋にやってきたのだ。もちろん台所に顔を出し、凜子にも状況を伝えてきた。

凜子は梅子とずいぶんと仲良くなったようだった。

凜子さんは気さくなひとだからな。梅子さんも話しやすいんだろう。

「叔母さん、こっちに来るかしら？」

「凜子さんに話でもあるのか？」

「叔母さんが言っていた、お母さんからの手紙、見せてもらいたいなと思って」

「ああ、そうだったな。なんだったら呼んで……ああ、上がってきたようだぞ」

開けっ放しのドアの向こうから、階段を上がってくる足音が聞こえる。

「えっ？　ああ、足音……叔母さんかしら？」

「そうだと思うぞ」

そう言っていたら、凜子が部屋を覗《のぞ》き込んできた。和磨がさっと立ったので、真子も立ち上がる。

「あの、叔母さん。お母さんから届いた手紙、見せて欲しいんだけど」

「ええ、いいわよ。それじゃ持ってくるわね」

凜子は隣室に行き、すぐに戻ってきた。その手には手紙の束がある。

「期待させて悪いけど、これっぽっちなのよ」

凜子は寂しげに笑いながら、真子に手紙を手渡す。

「見てもいい？」

「いいわよ。でも、泣かないでね」

「わたしが泣くような内容なの？」

「さあ、それはどうかしら」

凜子はわざとからかうように口にする。

「立ったままじゃなんですし、座りませんか？」

和磨が促《うなが》すと、ふたりはベッドに並んで腰かけた。和磨はふたりと向かい合う形で、ひとり掛けの椅子に座る。

真子は頬を紅潮させ、封筒から中身を取り出した。

「えっ？　写真？」

真子は驚いて、封筒から出てきた写真を見る。

写真か。きっと真子の写真だろう。これは俺にもぜひ見せてもらいたい。

和磨は立ち上がり、真子の持つ写真を覗《のぞ》き込んだ。そして眉を寄せる。

「こ、これって、なんで……まさか、野本さん？」

写真に写っているのは、中学生くらいの拓海のようだ。グランドピアノを前にして座っている。ピアノの演奏会か？　これを撮ったのは、もちろん真子の母なのだろうが……

「わけがわからないでしょう？」

「え、ええ。叔母さん、どういうことなの？」

「わたしだって、わからないわ。真澄が亡くなったあとに、離婚していたことを知って、混乱したのよ。だって手紙には、拓ちゃんの写真も同封されてたから。……和磨さん」

「はい」

「こういう謎を解くのは、あなたお得意なんじゃないの？」

凜子は和磨を挑発するように言う。和磨は苦笑いし、ちょっと考えて答える。

「これは中学の音楽祭のようですね。きっと真澄さんは、一般客として拓海の演奏を聴きに出かけたんでしょう」

「あっ」

急に真子が叫び、目を真ん丸にする。

「どうした真子？」

「わ、わたし……これ知ってる」

真子は写真を指さして叫ぶ。

「お母さんに連れられて行ったこと覚えてる」

驚き醒めやらぬ顔で、真子はもう一度写真を見る。

「あの音楽祭でピアノを弾いていた男のひとが、中学生の野本さんだったなんてびっくりだわ。……上手にピアノを弾くお兄さんだったから……お母さんにそう言ったの。そしたら、『そうでしょう』って、物凄《ものすご》く嬉しそうに言うから、不思議に思ったの」

真子は目に涙を滲《にじ》ませ、鼻を啜《すす》る。そのときのことを思い出しているのだろう。

「その話、拓ちゃんに聞かせてあげる？」

「……きっと、喜ばないわよね？」

「そうだな。きっと怒り狂う。で、気持ちが落ち着いたら……泣きながら喜ぶんじゃないか」

「きっとそうね」

凛子はそう言ってくすくす笑うが、そのうち顔をくしゃりと歪めた。

「ああ、いやんなっちゃう。涙ばっかり出てくるわ」

涙を零《こぼ》しながら笑い、凛子はハンカチを目に押し当てた。

すると真子が、涙を堪《こら》えているのか硬い表情で便箋《びんせん》を開く。

和磨は真子の隣に座り、一緒に見せてもらうことにした。

(凛ちゃん、元気でいるかしら？　あまり返事を書けなくてごめんなさい)

「そうだわ。叔母さんがお母さんに宛てた手紙もあるのよね？」

文面を読んで真子はそう思いついたようだ。凛子を見ると、気まずそうにしている。

「叔母さん？」

「ごめんなさい。わたしが保管してるわ」

「わたしがそれを見たら、叔母さんがアメリカにいたことに気づくから？」

「そう」

凛子が認め、真子はまた手紙の続きに目を走らせる。もちろん和磨も。

(この間、拓海の中学校で音楽祭があったの。拓海はピアノの演奏を披露したのよ。それは見事だったわ。ピアノの練習もとても頑張っていたのよ。それにしても、あの子は誰に似たのか、ピアノの才能があるようだわ)

和磨はその文面を読んで、胸が痛んでならなかった。真子の母は、どんな気持ちでこれを書いたのだろうか？

（真治さんも仕事がうまくいっていて、先週、新しいホテルをオープンしたばかりなのよ）

「お母さん……自慢ばっかりしてる」

ぼそりと真子が言ったそのあと、便箋《びんせん》が小刻みに震え始める。

「そうね。……らしくないわよね。こんな風に何かを自慢するような子じゃないのに……わかっていたのに、わたしは気づかなかった。さっと読んで、真澄はしあわせなんだと思って安心してしまった。わたしは誰より真澄の性格を知っていたはずなのに……。単純に喜んでいたなんて、馬鹿も……ううっ……いいところよ」

「叔母さん」

真子は凜子の肩を抱き、ふたりして涙を零した。


「あの、凜子さん。質問したいことがあるんですが」

凜子の涙が止まったのを確認して、和磨はそう切り出した。

「わたしで答えられることなら。何が聞きたいの？」

「誰が、真澄さんが亡くなったことを海外にいる凜子さんに知らせたんですか？」

「……それが、よくわからないのよ」

「わからない？」

「真澄が亡くなったって言われた瞬間、頭が真っ白になって……そしたら、落ち着いてくれ、とにかく、少しでも早く帰国してほしいって言われて……。だからわたし、真治さんに代わってくれって頼んだのよ。そしたら、真澄は離婚して真子とふたり暮らしだって言うじゃないの。もう何がなにやらで……混乱したまま日本に戻ったのよ。ひとまず教えてもらった住所に行って、真澄と真子の住んでいた古いアパートを見上げたときは、腰が抜けそうになったわ」

「そこで、真子と初めて会われたんですか？」

「ええ。部屋には、真澄の遺影があって……真子だけじゃなくて、大家さんと近所のひとたちが大勢集まってくれていたわ」

「そのアパートにしばらくいたんですか？」

「……一ヶ月くらい住んだわね。その間に真澄の遺品整理をして、新しい仕事を探した。しばらくして仕事が決まったから、職場近くのアパートに引っ越したの。その頃の真子は、ショックで学校に行ける状態じゃなかったし、転校して環境を変えたほうがいいだろうと思ったのよ」

「わたし、お母さんのお葬式前後のこと、あんまり覚えてないの」

「そうか。……それで、連絡してくれたひとは、大家さんやご近所のひとではなかったんですか？」

「わからないわ。ちゃんと調べればわかったかもしれないけど、そのときは、そんな余裕もなくて」

「女性でしたか、それとも男性？」

「女のひとよ。……わたしより、年齢は上のように思ったわ」

「アパートを訪ねたら、わかるかもしれませんね」

「そうね。けど……」

凜子は真子を見る。すると真子は、困ったように頬を赤らめた。

「真子、どうしたんだ？」

「アパートには真子が戻りたがらなかったの。真澄の思い出が詰まっている場所に戻るのは、辛かったんでしょう？」

「……うん」

「そうか」

真子はしゅんと萎《しお》れる。

「……わたし、あそこには、お世話になったひとがいっぱいいるのに……引っ越してから一度も顔を出してないんです」

「君には、時間が必要だったんだ。けど、いまなら行けるんじゃないのか？」

真子は少し考えてから、こくりと頷く。

「はい。いまなら……たぶん」

「そうか。なら、今度一緒に行こう」

そう提案したら、真子は和磨を見上げ、泣き笑いのような顔で頷いた。

「なんか、面白くないわ」

凜子が言葉のまま面白くなさそうに口にする。

「でも、ありがとう」

突然のお礼に不意をくらい、和磨は戸惑って凜子を見返したのだった。

## 19　思いを赤裸々《せきらら》に　～真子～

野本家での早めの夕食は、会話も弾み賑《にぎ》やかなものになった。

凜子と梅子はすっかり仲良くなり、凜子は夕食作りの手伝いまでしていた。そして、いまもふたりで片付けをしている。真子は昼と同じで、片づけに三人も必要ないと言われてしまった。

真子の隣に座っている和磨は、拓海と仕事の話で盛り上がっている。真治は聞き手に回っているが、見たところ気もそぞろだ。

お父さん、お母さんの手紙のことで頭がいっぱいなんじゃないのかな？

はっきりは聞いていないけど、まだ開封していないようだ。

手紙の封を切るの、簡単じゃないんだろうな。

真子は上着のポケットに手を触れた。そこには凜子から預かった、母が凜子に宛てた手紙が入っている。

叔母さんから、タイミングを見て、お父さんと兄さんに見せるようにって言われたんだけど……

でも、これを見たら……ふたりはどう思うんだろう？

落ち着かなくなった真子は、おもむろに立ち上がった。三人が真子に注目する。

「わたし、台所を覗《のぞ》いてきます」

「ああ、行ってくるといい」

和磨が言ってくれ、真子は頷いて部屋を出た。

どのみち、追い返されちゃうかもしれないけど……

台所のドアは開け放してあり、凜子と梅子の会話が聞こえてきた。

「はい。こちらで雇っていただけて、本当に旦那様には感謝しているんです」

「そう。わたしのほうこそ、梅子さんに感謝したいわ」

「凜子様」

「真澄の代わりに、拓ちゃんを立派に育ててくれてありがとう、梅子さん」

「そ、そんな。頭を上げてください。私は家政婦として当たり前の……」

「いいえ。そんなことはないわ。ただの家政婦なんかじゃない。あなたはこの家に、拓ちゃんになくてはならない存在よ。そう、真澄の代わり……母のような存在だわ」

「まあ、なんてもったいない……ありがとうございます」

「ほんと、立派に育ててくれたわ。あんな風に立派な拓ちゃんを見られて……本当に……」

「凜子様」

「ごめんなさい。……色々あって……もう涙腺が……壊れちゃってるみたい……」

真子は立ち去ろうと思いつつ、その場から動けなかった。胸がいっぱいだ。梅子に対して深い感謝が込み上げてくる。

「あの……凜子様」

梅子がおずおずと呼びかける。

「その……凜子様にお伝えしたいことが……」

「わたしに？　何かしら？」

「……少し長くなりますが、順を追ってお話いたします」

梅子の話は、自分の身の上話から始まった。子どもがまだ小さいときに夫に先立たれ、梅子は働き口を探さないといけなくなったらしい。けれど、専業主婦だった梅子にとって、就職先を探すのはずいぶん大変だったようだ。

「職業安定所で困っておりましたとき、若い女性がわたしに声をかけてきてくれたんですの。どうもわたしと職員の会話を聞いていらしたようで、わたしにぴったりの仕事がありますよと、その方は遠慮がちに教えてくださいました」

「それがこの家の家政婦の仕事だったんですの？」

「はい。そうなんでございます」

若い女性か……親切な人がいたのねぇ。

「まさか！　梅子さん、そのひとって……」

凜子が急に大きな声を上げ、真子はびっくりした。ど、どうしたんだろう？

「はい。その若い女性は、真澄様だったのでございます」

「えっ⁉」

梅子の口にした言葉があまりに衝撃的で、真子はついその場で叫んでいた。

「真子？」

凛子に呼びかけられる。立ち聞きしていたことを気まずく思いつつも、台所の中へ入った。

「ご、ごめんなさい。でも、あの……梅子さん、それは本当に母だったんですか？」

梅子に駆け寄り、急《せ》くように確認する。

「真子ってば」

「ご、ごめん。たまたまやって来たら、ふたりが話してるのが聞こえて……そうしたら……」

「いいタイミングでやって来たわね」

凛子が苦笑しながら、「わたしも驚いたけど……」と、梅子のほうを向く。

「梅子さん、そのこと、詳しく話してくださる？」

「はい」

梅子は、職業安定所でのことを、細かく話してくれた。梅子の語る若い女性は、確かに母を彷彿《ほうふつ》とさせる。

お母さん、職業安定所で梅子さんを見て、このひとならって思ったのかもしれない。

「梅子さん、そのひとが真澄だと、あなたはどうして確信できたの？」

「ほんの時折、大奥様が……あの、そうお呼びしても？」

大奥様というのは、もちろん真治の義母のことだろう。梅子が真子と凛子に遠慮しつつ、そう了解を取ってくる。それに凛子が頷いた。

「あなたの呼びやすいように呼んでちょうだい。それで？」

「はい。大奥様は、いつもふらりとこの屋敷にお出でになりました」

そうか。梅子さんは祖母を知っているのよね。

「そして嫌がらせのようなことばかりなさっておいでだったんです」

「まあ」

凜子が憤慨した声を上げる。

「あれは坊ちゃんが高校生の頃でしたか……尋常でないご様子でやってこられて……」

「尋常でない？」

「はい。こう申し上げてはなんでございますが……正気を失っているようなご様子でした」

「ここにそんな状態でやってきて、あのひとは何をやったの？」

「平日に突然お出でになりまして、真澄様の部屋を開けろと申されまして……。そんなことはできませんとお伝えしましたら、旦那様の書斎に飛び込まれて……部屋を滅茶苦茶になさったんです」

「最悪ね。それで？」

「気が済むまでおやりになられ、お帰りになりました」

「ホント、何を考えているのかしら。梅子さん、困ったでしょうね？」

凜子の同情したような言葉に、梅子が疲れたように笑う。

「ええ。もう途方に暮れました。ですが、その片付けをしているときに、わたしは真澄様のお写真を拝見することになったのです」

「そういうこと……」

「はい。あの瞬間のことは忘れられません。もう雷に打たれたみたいに驚きました」

本当にお母さんだったんだ。お母さんは置いてきた息子と夫のために……梅子さんをこの家に招いたんだ。

けど、お母さんの気持ちがわからない。お義祖母《ばあ》さんの企みで、この家を追い出されたのだとしても、お母さんは戻ろうとしなかったのかな？　何か戻れない事情でもあったんだろうか？　お父さんが女のひとを囲ったって話……お父さんを信じたいけど信じきれなかったとか？　だから、戻ろうにも戻れなかったってことなのかな？

そうか……そうなのかも。和磨さんと仲違《なかたが》いしたとき、わたしも凄《すご》く不安になった。和磨さんと心が離れちゃって、もう元には戻れないいんじゃないかって物凄く怖かった。もしかしたら……お母さんもそうだったのかも。

「梅子さん、そのこと真治さんには話していないのね？」

「はい。旦那様は、真澄様のことは、いっさい口になさいませんでしたので」

「話してあげて。いまの真治さんは、聞きたいと思うわ」

「……凜子様。わかりました。そう致します」

真子は梅子と初めて会った日、母の死を聞いた彼女が、激しいショックを受けていたのを思い出す。

あのときの梅子さんの反応を見て、わたしは梅子さんはお母さんのことを知っているんだろうと思った。だけど、兄さんから『母さんと会ったことがあるのか？』と聞かれた梅子さんは、はっきり否定したのよね。……そこには、こういうわけがあったのか。

お母さんの気持ちは、勝手に想像するしかないけど……

それでも、過去の母のことを知ることができて、真子は嬉しかった。

お風呂に入らせてもらい、部屋に戻ると、凜子は電話で話しているところだった。相手は彼女の夫のようだ。

真子は窓に歩み寄り、外灯で照らされた野本家の庭園を眺める。

今日は大変な一日だったな。まだぜんぜん、頭の中が整理できてない。

「真子」

電話を終えたのか、凜子が呼びかけてきた。振り返ると、凜子が歩み寄ってくる。

「あの。叔母さん……」

「うん？」

「あの……ありがとう」

口ごもった挙句、真子はたったそれだけしか言えなかった。

叔母が自分にしてくれたことへの感謝は、こんな言葉では足りない。

「お礼を言われるほど、充分なことをしてやれてないわ。あなたについては、後悔ばかりよ」

無意識なのか、凜子は手にしている携帯を、開けたり閉じたりしている。その音が静かな部屋に響く。

「わたしは、自分の頑《かたくな》な考えを、小さなあんたに押しつけたわね。いまになると、それがどんなに愚《おろ》かなことかわかるけど、あのときのわたしは、あれが精一杯だった」

「叔母さんとの暮らし、楽しかったわ」

「わたしも楽しかったわよ。互いに慣れるまで、数ヶ月くらいギクシャクしてたけどね」

凜子が冗談まじりに言い、ふたりは声を上げて笑い合った。

一緒に暮らし始めたばかりの頃、『あなたはわたしに遠慮ばかりする』と、よく叱られたっけ。

「あんたは子どもだったけど、わたしはいっぱしの大人だった。だからこそ、わたしにはもっと何かできたんじゃないかと思わずにいられないのよ」

凜子は携帯をベッドの上に置き、空《あ》いてしまった右手をもてあますように、自分の左腕を肩から下へと大きく撫《な》でた。

「でもね……振り返って記憶を辿《たど》ると、何ができたわけでもないと納得するの。これまでその繰り返し……」

しんみりとそんなことを言う凜子の手を取り、真子はぎゅっと握り締めた。凜子もその手を握り返してくれる。

叔母さんは、アメリカでの仕事を辞めて、わたしの側にいてくれた。結婚を機に遠くに引っ越してしまったけど、頻繁《ひんぱん》に連絡を取り合っていた。ひとり暮らしが寂しいって、わたしってばそればっかりだったけど……叔母さんはずっとわたしを支えてくれていたのよね。

もし叔母さんがいなかったら、わたしは本当の孤独の中にいたんだ。

改めて叔母への感謝が込み上げる。

「ほんと、大人になったわね。真子」

感慨深そうに言った凜子は、急にしかめっ面をする。

「叔母さん？」

「風邪引いて、数日振りにあんたに電話したら、男の声がして……あの瞬間、時が止まったわよ」

凜子はむっとしたように文句を言う。真子は笑ったが、自分もあの瞬間、それはもうビビったのだった。

「叔母さん、あのときもっと怒るかと思ったのに、和磨さんと話して切っちゃったから、少し意外だったんだけど……」

「あのときは……電話口の和磨さんにおかしなくらい好印象を持っちゃったのよ。真子はいい相手を見つけたみたいだって、安心しちゃったの」

「そ、そうなの？」

「そうよ。まさかあんたのアパートに転がり込んでるなんて思わなかったし。そんなに遅い時間じゃなかったから。仕事のあとに会って、どこぞでデートでもしてるんだろうと思ったのよ。邪魔しちゃ可哀想だと思って、早々に切ったのに」

そうだったのか。

「で？　あのときはどこにいたのよ？」

「アパート」

「あんたの？」

「そう」

「津田にあるっていう和磨さんのマンションには行ったの？」

「うん、行った」

「それだけ？」

「それだけって……どんなところだったかってこと？」

「あんたが馴染めそうなところだったわけ？」

真子は顔をしかめた。さすが叔母さんだ。痛いところを突いてくる。なんて答えようと迷っていたら、先に凜子が口を開いた。

「だいたいわかったわ。それで、近々そっちに引っ越すことになるわけね？」

「それは……」

「どうしたの？」

「和磨さんのマンションは会社から遠いから、通うのが大変だし」

「ああ、それは確かにそうね」

凜子の納得を得られて、ほっとする。

「じゃあ、隣の部屋を借りられたの？」

「はい？　隣の部屋って？」

「和磨さん、わたしに、アパートの隣の部屋が空《あ》いてるから借りるって言ってけど……」

「あ、ああ」

そういえば、和磨さんが叔母さんと電話で話しているとき、そのようなことを言っていたっけ……けど、そのあとそんな話は一度も出ていない。

「借りてないと思う」

「本当にそう？」

窺《うかが》うように問われて、真子は戸惑った。

「どうして？」

「あんたが知らないだけで、もう借りてたりするんじゃないの？」

「えっ、そんなことは……か、借りてるのかな？」

否定したものの、和磨の行動力ならあり得ないことじゃない。真子は思わず、凜子に聞き返してしまう。

「わたしじゃなくて、和磨さんに聞いてごらんなさいよ」

「そ、そうする」

そう言ったら、凜子が笑い出した。

「まったく、あんたときたら、凄《すご》い男と出会っちゃったもんねぇ」

「……わたしもそう思う」

「けど、好きになっちゃったんでしょ？　結婚したいくらいに」

「う、うん」

頷いたら凜子の目が和《なご》む。

「男女の縁って、出会ってからの時間じゃないってことは理解できるわ。好きになる相手とは、会った瞬間に距離が縮まることもあるものね」

「叔母さん、それって叔父さんとのことを言ってるの？」

「ええ」

凜子はどこか懐かしむような目をしていたが、再び真子のほうを向いてきた。

「和磨さんと直接会って話をしたことで、ほっとしたけど……まだまだ心配事も多いわね。明日は朝見の家に行くことになってしまったし……一体どんなことになるのかしら？」

凜子の不安そうな表情に、真子が必死に胸に押し込めた不安が刺激される。

「わたしも……」

気づけば、そう呟《つぶや》くように言っていた。すると凜子は、泣き出しそうな顔をしている姪《めい》を見て、にわかに慌《あわ》て始めた。

「ま、真子？」

「叔母さん。わたし……本当のことを言うと、婚約パーティーのとき……な、なんか……凄く不安になっちゃって」

「真子」

凜子は真子の背中に手を当てて、窓辺から離れる。

「ほら、座りましょう」

「う、うん」

真子は凜子と並んでソファに腰かけた。

「婚約パーティーで、不安に駆られるようなことがあったの？」

やさしく問いかけられ、真子は首を横に振った。

「パーティーは凄《すご》く楽しかったの。友達もいて、お父さんと兄さんがいて、和磨さんのご家族もみんなとてもやさしくて。特に和磨さんのお母様は、包み込まれるみたいな、あったかい雰囲気を持ったひとで……」

「そう」

「けど……」

そう口にしたところで、真子の目からぽろっと涙が零《こぼ》れ出た。

「真子……」

泣き出した真子の背中を凜子がさすってくれる。

真子は泣きながら、なんとか声を出した。

「朝見のひとたちは……生まれながらの気品のようなものがあって……和磨さんと同じで完璧なひとたちだったの。なんだかわたしとは、生まれが違うんだなって、すっごく感じちゃって……」

真子はそこまで言って、縋《すが》るように凜子の目を見つめた。親身になって聞いてくれる凜子を見て少しほっとし、真子はまた話を続けた。

「それにわたし……同じことを、お父さんや兄さん……梅子さんにも感じてしまって。……わたし、あそこで居場所がないような感じがしたの」

「そう」

「けど、この先も和磨さんと一緒にいたかったら、そんなこと言っていられないでしょ？」

凛子が受け止めるように頷いてくれ、ずっと抱えていた不安がどんどん口から転がり出てしまう。

「明日、朝見の家に行ってしまったら、和磨さんとの世界の違いを思い知らされるような気がするの。もしそれで、ふたりの間にどうしようもない溝ができてしまったらって……。こんな風に自分に自信が持てないまま、朝見の家に行くのは本当は凄く怖くて……」

「和磨さんには、その気持ちを伝えなかったの？」

真子は唇を噛み締めて、小さく首を横に振った。

「話した方がいいわよ。正直に」

「でも……和磨さんは朝見のひとだもの……言ったところで、本当の意味で、わたしの気持ちは理解してもらえない気がするの」

「そう……かもね」

凛子に肯定され、真子はどきりとした。そしてそんな自分に顔をしかめる。

わたし、叔母さんに否定してもらいたかったんだ。

「そんなことないわよと言ってあげたいけど……考え方の基本って生まれに影響されるものね。あんたの言うように、和磨さんはあんたの抱える不安を理解できないかもしれないわ」

真子は肩を落として俯《うつむ》いた。

「やっぱり、わたしがひとりで乗り越えないと……」

「馬鹿ね」

「えっ？」

「諦めてどうするのよ」

「で、でも。叔母さんも、和磨さんは理解できないかもって」

「あんたはほんと真澄に性格が似てるわ」

「お、叔母さん？」

「真澄も、あんたと同じ悩みを抱えていたのかもね」

「えっ？」

「あの頃のわたしには、わからなかったけど……そうだったのかもしれないわ。真治さんとうまくいかなくなった真澄は、諦めて、自分ひとりで乗り越えようとしたのかもしれない。あのとき、真治さんに本音でぶつかっていれば……もしかしたら……」

そこまで言って、凜子は口を閉じ、切なそうにため息を吐く。

「もしかしたらなんて……いまさら言っても意味はないけど……」

凜子が顔を上げ、真子の目を見つめてくる。

「でも、あんたはこれからだわ。だから言わせてもらうわよ」

宣言するように言った凜子は、厳しい表情を真子に向けて口を開いた。

「理解できないだろうから頼りませんなんて、和磨さんに失礼よ！　あんただって、どれだけ和磨さんを理解できてるって言うの！」

凛子の言葉が強烈に胸に飛び込んできて、真子は胸を押さえた。

「自分の夫にしようって相手なのよ。あんたのことを理解できなかろうがどうだろうが、彼を頼りなさい。とことん頼りなさい」

真子は凛子をまっすぐに見つめ、大きく頷いた。

「そうする」

胸のところに、ずっとわだかまっていたつかえが取れたような気がする。

「叔母さん、ありがとう」

「どういたしまして。可愛い姪《めい》っ子のためですからね」

「うん」

真子は凛子の肩に頭を寄せ、目を瞑《つむ》った。その口元に笑みを浮かべて……

## 20　本音を胸に　～和磨～

翌朝、気分よく目を覚ました和磨は、無意識に腕を伸ばして真子を探す。

「うん？」

頭を上げ、ベッドの上を確認して、真子はここにはいないことを思い出した。

「そうだったな」

そう口にした和磨は、勢いよく起き上がり、ベッドから出た。

洗面所で顔を洗っていたら、凜子がやって来た。

「ああ、おはようございます」

「おはよう。早いのね」

「凜子さんも。あの、真子は？」

「まだ寝てるわ」

なんだそうか。残念。

「あれっ、和磨。もう起きたのか？」

そこへ着替えた拓海がやって来た。

「わたしたちこれから散歩に行くのよ」

「そうなんですか」

叔母と甥《おい》のふたりで仲良く散歩か。いいことだ、積もる話もあることだろう。

「あなたも一緒にどう？」

凜子が誘ってきて、和磨は少し迷ったものの、同行させてもらうことにした。まだ凜子に聞いていないこともある。散歩はいいチャンスかもしれない。

「それじゃ、真子も一緒に……」

「あの子はいいわ」

「どうしてですか？」

「いないほうが、話しやすいことがあるからに決まってるじゃないの」

おや。どうやら、凜子のほうも和磨に話があるらしい。

「わかりました。それでは、すぐに行きましょう」

正直なところ、真子が行かないのであれば、自分も残りたい。それで、ベッドに寝ている真子にあれこれ……

妄想が暴走しそうになり、和磨は慌《あわ》てて強制終了させた。そして、散歩についていく。

屋敷を出てぶらぶら歩き出したところで、凜子が話しかけてきた。

「和磨さん」

「はい、なんですか？」

「今日、あなたの実家に行くことにしたけど……あなた、ちゃんとわかっているの？　真子はいま、とても不安を抱えているわよ」

「ええ、もちろんわかっています。だからこそ、朝見の家に連れて行きたいんです。とにかく飛び込んでくれさえすれば、真子の抱えている不安もきっと解消されるはずですから」

自信を持ってそう言ったら、凜子が怒ったように睨《にら》んでくる。和磨は眉をひそめて凜子の目を見返した。

「そんな簡単に不安が消えると思っているの？　呆れたわ、和磨さん」

凜子は辛らつに言い放つ。

いくぶん怯《ひる》んだ和磨は、思わず拓海に目をやった。拓海は和磨と凜子のやりとりを黙って見守っている。

和磨は気を引き締めて凜子に向き直った。

「凜子さん。真子は、すでに僕の家族に会っています。みんな真子を気に入ってくれましたし、彼女のほうもみんなと打ち解けてくれました」

「打ち解けたかもしれない……けど、そこに不安がなかったとは言えないでしょう？」

「不安があったとしても、僕は彼女をちゃんと理解していますし、そんなに心配されなくても大丈夫ですよ」

「あなたは朝見のひとですからね」

凜子は吐きすてるように言う。その言葉には憤《いきどお》りと失望の響きがあった。

「それはどういう意味ですか？」

和磨は困惑して聞き返す。

「あなたはわかっていないわ。婚約パーティーで、真子がどれほど緊張していたか」

確かに真子は緊張していたようだった。それでも楽しそうにしていた。和磨の家族とも笑顔で会話していて、すっかり受け入れてくれたと思っていたのに……凜子からそんな風に確信を持って糾《きゅう》弾《だん》されてしまうと、自信がぐらつく。

「それは……真子に聞いたんですか？」

「ええ、そうよ」

その肯定に、和磨はたじろいだ。

真子の気持ちはちゃんと理解してやれていると思っていた。なのに、あのとき俺は、真子の表面しか見ていなかったというのか？

自分には言わなかった本音を、叔母の凜子には話したということにショックを受ける。

『あなたは朝見のひとですからね』という言葉が、いまになって重みを増してきた。

「真子とあなたは違うのよ。それをわかってやらないと」

「違いません。同じです。僕らは何ひとつ違わない」

憤りに駆られ、和磨は声を荒らげた。だが凜子も負けずに言い募《つの》る。

「いいえ、違うの。あなたにはわからないでしょうね。あなたは生まれたときから、上流階級で暮らしてるんだから」

「そんなことはありません。僕はこれまで、あちこちで様々な経験を積んできました。だからこそ、何も違わないとわかるんです」

「ええ。あなたはそうかもしれない。上の世界を知っていて、中流、それ以下の暮らしも知っていて、どこにでも馴染めるのでしょうよ。でも、真子は知らないの。そう簡単には馴染めないのよ。あなたとは違うの」

違う違うと連呼され、和磨はむっとして凜子を睨《にら》んだ。側にいる拓海は、何も言わずふたりのやり取りを見ながら、考え込むようにしている。

一息ついた凜子が、静かに語り始めた。

「一般人が上流階級に踏み込むってことは強い緊張を生むし、もちろん心の負担になるわ。周りのひとは全員、礼儀作法を完璧に心得てる。そんな中で、もし無作法をして失敗でもしたら……そうなると不安どころか恐怖を感じるの。それに、自分が失敗することで、婚約者であるあなたにまで、恥をかかせてしまうかもしれないと怖れてるのよ、真子は」

「僕はそんなこと……」

「気にしない？」

凜子は嘲《あざけ》るように言い、「愚《おろ》かね！」と怒鳴りつけてきた。

「真子は気にするわよ！　気にするに決まってるじゃないの。結婚はふたりだけのものじゃないわ。家族だけでなく親戚までも関わってくる。あなたがどんなに真子を庇《かば》っても、庇いきれないことは起こるのよ。あなたに庇護されたまま暮らすことなんて不可能なの。……生まれの違いのせいで、真子がいやな目に遭ったりしたらと考えると……」

「凜子さん！」

和磨は凜子の言葉を遮《さえぎ》るように声を上げた。凜子は口を閉じて、和磨を睨《にら》んでくる。

「真子は……なんと言っていました？」

「え？」

「お願いします。彼女が口にしたまま教えてくれませんか？」

和磨は凜子に懇願し、深々と頭を下げた。

「どうしても聞きたいんです。そして真子の気持ちをちゃんと理解してやりたい。お願いします」

「……わかったわ」

凜子がそう言ってくれ、和磨はしっかり頷いた。

「パーティーは楽しかったけど、朝見のひとたちは、生まれながらの気品のようなものがあって……和磨さん、あなたがそうであるように、完璧なひとたちだった。自分とは生まれが違うと強烈に感じた。しかも……」

凜子はそこで拓海に視線をやる。

「拓ちゃん」

「は、はい」

急に呼びかけられた拓海は、戸惑って返事をする。

「あなたと真治さん、おまけに梅子さんに対しても、真子は生まれの違いを感じたそうよ」

「は？　な、なんで？」

「あの子はパーティーで、自分の居場所がないように感じていたみたい」

居場所がない？　真子はそんなふうに感じていたのか？

真子は考え過ぎだと思う自分がいる。だが、それこそが凜子の口にした、『あなたは朝見のひとですからね』の言わんとするところなのだろう。

俺は、真子の思いを理解し、彼女の気持ちになって考えているつもりだった。だが、それは俺の驕《おご》りでしかなかったんだ。

「朝見の家に行けば、あなたと自分の世界の違いを思い知らされるような気がする。ふたりの間にどうしようもない溝ができてしまったらと不安がってたわ。そして、自分に自信がないまま、あなたの実家に行くのは凄《すご》く怖いって」

　凜子が語り終え、和磨は大きく息を吸って吐いた。

「凜子さん。ありがとうございました。そして、すみませんでした。僕は思っていた以上に軽く考えていた。それがよくわかりました」

　凜子は和磨の言葉を聞き、厳しい表情のまま頷く。彼女はこれで解決したなどと思っていない。これからなのだ。これからの和磨にかかっている。

「失望させません。決して……」

　まっすぐに凜子を見つめ、和磨は約束した。

　それにも凜子は無言で頷く。

「僕も……胸に応《こた》えた」

　拓海がぽつりと口にして、和磨は彼を振り返った。

「お前と同じだ。僕も真子の本音をわかってやれてなかった。叔母さんのように、真子が本音を語れる相手にならないとな」

「拓海、それは俺の役目だ」

「は？　僕は真子の実の兄だぞ」

「俺は婚約者で、将来の夫だぞ」

「あんたたち馬鹿なことで張り合わないでちょうだい。ここが公道だとわかってるの？」

「あ、すみません」

「叔母さん、ごめん」

ふたりして謝ったら、凜子が堪《こら》えきれないように笑い出す。

凜子は楽しそうに泣き笑いし、どこかほっとした様子で涙を拭《ぬぐ》った。

それから三人は、少し先まで足を伸ばし、拓海の案内で来た道を折り返した。

和磨は歩きながら、凜子に気になっていた疑問を問いかける。

「凜子さん。ひとつ気になっていることがあるんですが」

「何かしら？」

「電話で話したとき、真治さんは金に飽《あ》かせて女を囲ったのだと僕に言いましたよね？」

「そうそう。そのことなんだけど、わたしも気にかかることがあったのよ」

「気にかかることって……叔母さん、どういうこと？」

「実はね、真澄が亡くなったあと、アパートに電話がかかってきたのよ」

「電話ですか？」

拓海が聞き返す。和磨は眉をひそめた。

「ええ。女のひとから……『真治さんが女を作り、真澄さんは息子から引き離され、ひとりぼっちで野本の家から追い出された。真澄さんが気の毒でならなかった』って……どなたですかって聞いたけど……『真子ちゃんをよろしくお願いします』と何度も繰り返して、切ってしまったのよ」

「いったい誰がそんな電話を？」

拓海に問われ、凜子は首を左右に振る。

「わからないわ」

「……でも、それは嘘だった。そしてその嘘を知っているのは、ひとりしかいないないんじゃないでしょうか？」

和磨がそう言うと、凜子と拓海がハッとしたように和磨を見る。

「ま、まさか？」

「嘘だろ！」

凜子と拓海が同時に叫ぶ。

だが、そんな電話をかけられるのは、どう考えてもひとりしかいない。——真治の継母《ままはは》であり、真子と拓海の義理の祖母……そのひとだったのではないだろうか？

## 21　桃色の口紅　～真子～

朝の眠りの中でうとうととしていた真子は、唇に何か触れる感触に、パチッと目を開けた。

「おっ、俺のキスで、お姫様が起きたぞ」

愉快そうに笑う和磨を見て、真子も、ふっと笑ってしまう。

愛するひとのキスで目覚めたということに、しあわせを感じる。

「いいいな」

「はい？」

「君の笑顔……」

そう呟《つぶや》き、和磨はふたりの唇を、再び軽く触れ合わせた。

くすぐったくて、くすくす笑った。同時に、朝っぱらからの甘い雰囲気に照れてしまう。

顔を赤らめて和磨を見た真子は、ハッとした。

和磨さん、すっかり身支度を整えてるけど……ま、まさか、わたし寝坊した？

「か、和磨さん、わたし、寝坊しましたか？」

「大丈夫。まだ七時半だぞ」

「そうですか、よかった。あの、凜子叔母さんは？」

「朝食を作る梅子さんを手伝ってる」

「ええっ？　な、なら、わたしも」

慌《あわ》てて置き上がろうとしたら、和磨にベッドに押し戻された。

「ふたりに任せておけばいいさ」

「で、でも……」

「真子、君はひとに甘えるということを、もっと覚えたほうがいいぞ」

和磨はそう言って、唇を重ねてきた。今度はじっくりと味わうようにキスを深めてくる。

「ん……んんっ」

甘いキスに意識が囚《とら》われそうになり、真子は両腕に力を込めて、和磨を押し返した。

すると和磨は、そっと真子の瞼《まぶた》に触れてくる。真子はハッとして瞼を手で隠した。

わたし夕べ、叔母さんに正直な胸の内を吐露《とろ》して泣いてしまって……。もしかしたら、瞼が少し腫《は》れてしまってるかも。

「え、えっと」

「なあ、真子」

「はい？」

「ごめん」

「えっ。あの……？」

和磨がなぜ急に謝ってきたのかわからず戸惑っていると、彼は真子の首筋に触れてきた。指先は遊ぶようにくるくると円を描きながら、胸元へと下りていく。膨らみをそっと撫《な》でられ、真子はぴくんと反応した。

ま、まさか和磨さん、このまま？

内心で動揺していると、再び唇が重なってくる。キスは甘くとろけそうになるが……
キ、キスに酔っている場合じゃないわ。こんなところに、凜子叔母さんが戻ってきちゃったら……
真子は唇を離し、和磨の唇を手で覆った。和磨の目が真子を見る。

「も、もうダメです。もしも叔母さんが戻ってきちゃったら……」

「わかってる。これ以上はやらない」

和磨はそう言って身体を起こしたが、真子の寝間着のボタンを外し始めた。

「か、和磨さん。いま、やらないって……」

「キスマークの位置を変えるだけだ」

和磨は話しながら胸元を開いてしまった。そしてキスマークに触れ、そこに軽くキスすると、今度は突然左の膨らみに吸い付いてきた。

「か、和磨さん！」

驚いて声を上げたが、和磨は新たなキスマークを作るのに夢中になっている。

ようやく顔を上げた和磨は、ご満悦で新しいキスマークを眺めてから、真子に手を差し伸べてきた。

「もおっ」

不服を言いつつも和磨の手を掴《つか》むと、ぐっと引っ張って起き上がらせてくれた。

はだけた胸元を急いで直す。すると和磨は少し深刻な顔で、ベッドの端に腰かけてきた。

「なあ、真子。今日、朝見に行くのはやめとくか？」

えっ？

「あの、どうして急に？」

「俺は、急ぎすぎてるんじゃないか？」

そんな風に問いかけられて、戸惑ってしまう。

「どうしたんですか？　何かあった……」

あっ、も、もしかして？

「和磨さん、叔母さんが何か言いました？」

眉を寄せて尋ねたら、和磨が頷く。

やっぱり……叔母さん、和磨さんに言っちゃったんだ。

「そんな顔をするな」

「でも……ご、むぐっ」

ごめんなさいと言おうと思ったら、手で口を塞《ふさ》がれた。和磨は口を塞いだまま、真子の目を覗《のぞ》き込み、「謝るな」と言う。

「……」

真子は無言で和磨の目を見返した。

「俺は、君の気持ちをちゃんと理解していると思い込んでいた。けど、そうじゃなかったんだな」

真子は思わず首を横に振った。和磨はふっと笑む。

「別に慌《あわ》てることもなかった。凛子さんはまた来てくれるだろうし、俺の両親や祖母に会ってもらうのは、まだ今度でもいいんだよな」

口を塞いでいた和磨の手が外された。真子は和磨を見つめていたが、じわじわと視界がぼやけてくる。

和磨の言葉が、思いが、嬉しくてならなかった。

「真子。ごめん」

「謝らないでください。……わたし、意気地《いくじ》がなくて……本当に、ご……」

また口を塞がれてしまった。けど、今度はすぐに外してくれる。

「ごめんなさいは言わなくていいぞ」

「和磨さんは言ったのに？」

「僕は言うべきだから言ったんだ」

「でも、わたし……自分の気持ちを、和磨さんに言えずに、叔母さんに……」

「それでよかったのさ。俺は、凜子さんがいてくれてよかったと思った。君が、心に溜め込んだものを吐き出す相手がいてくれてよかったって、心の底から思った」

「和磨さん」

「でも俺は……君が本音を吐き出せる存在になる。いますぐは無理でも、必ず……」

和磨がそっと抱き締めてくる。真子はその身体にしがみつくようにして寄り添った。


和磨と一緒に階下に下りていくと、居間から出てきた拓海とばったり会った。

「ああ、真子。おはよう。ちょうどよかった」

「おはようございます。ちょうどよかったって、なんですか？」

「朝食の準備ができたんで、これから父さんに声をかけに行くところだったんだ。君、代わりに呼んできてくれないか？」

「あっ、はい」

返事をした真子は、父の部屋に顔を向けてから、もう一度拓海に視線を戻す。

「あの……」

野本さんと言ってしまいそうになるのを、慌《あわ》てて「兄さん」と呼びかける。

「うん？」

「お父さん、お母さんの手紙を読んだんでしょうか？」

「いや。今朝、顔を合わせたときに聞いたけど……まだ読んでいないと言っていたよ。なかなか封を切れないそうだ」

「そうですか」

「できるだけ早く読むように促《うなが》したほうがいいぞ」

和磨が拓海に言う。真子は戸惑って和磨を見上げた。

「どうしてだ？」

拓海も不思議そうに和磨へ問い返す。

「あの手紙は過去のものだ。そして過去の真治さんに向けて書かれたものだからだ。決して今の真治さんに宛てたものじゃない」

和磨さんの言う通りだけど……早く読むように促した方がいいって、どうしてだろう？

過去の手紙だからこそ、大切に味わって読みたいと思うものなんじゃないだろうか。

「それで？」

拓海が続きを催促する。彼は和磨が何を考えてそう口にしたのかわからず、苛立っているみたいだ。

「どんなことが書いてあるかわからないが……手紙を読み終わるまで、真治さんは過去に囚《とら》われ続ける。それはあまりいいことじゃないと思わないか？」

過去に？　た、確かにそうかも。

「そうだな」

拓海が考え込むように口にする。それを聞いて、真子は胸が詰まった。

『過去に囚われ続ける』、『いいことじゃない』という言葉が、真子の胸を刺す。

お母さんの手紙……お父さんは複雑な部分もあるだろうけど、それでも喜んでもらえると思っていた。だけど……

「真子？　どうしたんだ？」

しゅんとして肩を落としていたら、それに気づいた和磨が声をかけてきた。

「いえ……その……手紙、渡さないほうがよかったのかなって……」

「おいおい、誤解しないでくれ。僕はあの手紙を否定しているわけじゃないぞ。真治さんのためには、あの手紙を渡してよかったと思ってる。手紙を通して、過去の真澄さんや真子を知ることができると思うしな。ただ……」

「ただ？」

「時間を短縮してやれるなら、そのほうがいいと思うんだ」

時間を短縮？

「それってどういうことですか？」

「ああ、そういうことか……」

拓海は、和磨の言っていることを理解したようだ。

「あの手紙を読んだら、きっと真治さんは苦しむだろうし、後悔もするはずだ。そうした過去に囚《とら》われ苦しむ時間を短縮してやれるなら、そうしてあげたほうがいいんじゃないかと、僕は思うのさ」

あっ、そういうことなんだ。それはもちろんそのほうがいい。

「つくづくもっともだな」

拓海がずいぶんと面白くなさそうに言うので、真子は首を傾《かし》げた。

「兄さん？」

「いや。和磨の考えに感心してるのさ。和磨、ありがとう」

仏頂面《ぶっちょうづら》の感謝を受け取り、和磨が眉を上げる。

「言葉から、感謝を感じられないが……」

和磨の言葉に、真子は思わず噴き出してしまった。すると拓海に軽く睨《にら》まれる。

「もちろん感謝してるさ。僕は、お前に言われるまで思いつかなかった自分に憤《いきどお》ってる。そのせいで、感謝よりむかつきのほうが伝わっているかもしれないが」

「ははあ。よくわかった」

和磨の返事に、今度は拓海が噴き出した。

「けど、ほんとそうだな」

納得して言う拓海に、真子も同意して頷いた。

「ああ、それから……拓海、できればお前も読ませてもらえ。真治さんが嫌がっても、無理にでも読ませてもらったほうがいい」

「そうするよ。僕も一緒に過去を受け止める。そして父があまり深刻にならないようにフォローするよ」

「あ、あの……わたしも読ませてもらいたいです」

そう頼んだら、なぜか和磨が眉を寄せる。すると拓海まで同じ反応をする。

「えっと……？」

ふたりの反応に戸惑ったが、すぐに拓海が「わかった」と応じてくれた。

「ただし、僕らが読んでからな」

「はい。もちろんそれでいいです」

頷いた真子だが、いまのふたりの反応がちょっと気になった。

「それじゃ、わたし、お父さんに声をかけてきます。お父さん、自分の部屋にいるんですか？」

「書斎だろうと思う。父の部屋の手前がそうだ」

拓海の返事に頷き、真子はふたりと別れて書斎に向かった。

書斎のドアの前で少し躊躇《ためら》い、真子は思い切ってドアをノックする。

「あの、お父さん、います？」

「あ、ああ。おはよう。なんだい？」

真治の返事があったが、その声が硬くて、なんとなくこちらまで緊張してしまう。

「あ、あの。朝ご飯です。呼びに来ました」

思わずそう返事をして唇を噛んでしまう。

ああ、もおっ、こんな風に他人行儀じゃダメなのに……

「そうか。すぐに行くよ」

「はい。それじゃ……」

自分にがっかりしつつ、戻ろうとした真子だが、そこで足を止めた。

たったいま、和磨に言われた言葉が頭を過《よぎ》る。和磨さんは父のために色々と考えてくれた。それを実行しようと思えばそうできるのに、わたしは兄さんに任せて何もしないつもり？

実の父であり娘なのに、お父さんがちよっと堅苦しかったからって、同じように堅苦しい挨拶をして、それで終わりなわけ？

情けない自分に真子は腹が立ってきた。

実の娘でしょ？　なら、もっと父親のために頑張れ！

自分を叱りつけた真子は、もう一度ドアに向き直った。

すぐ行くと言った真治だが、まだ出てくる気配はない。

真子は大きく息を吸い、ドアに向かって口を開けた。

「あの、お父さん。部屋に入ってもいい？」

「……あ、ああ。どうぞ」

やはり、あまり歓迎されていない返事だった。いつもの真子なら、これでもうへこたれていただろう。けど、いまはへこたれてなどいられない。

お父さん、部屋に引きこもって、ひとりで悶々《もんもん》と考え込んでいるんだわ。

わたしが、お父さんの心に風を通してあげなくちゃ。

真子はドアを勢いよく開けると、「お父さん、おはよう」と挨拶し、机を前にして椅子に座っている真治に歩み寄った。真治は、いつにない真子の態度に面食らっている。

そんな父親の顔を見て、なんだか楽しくなってきた。

「お父さん、お母さんの手紙は読んだ？」

「……い、いや、まだだ」

「昨日渡したのに、まだ読んでないの？　一通も？」

「あ、ああ……なかなか封を切れなくてな」

真治は暗い顔になり、顔を俯《うつむ》ける。この様子では、いつまで経っても新たな一歩は踏み出せないだろう。

時間短縮、時間短縮。

呪文のように繰り返して、真子は自分を鼓舞《こぶ》し、大きな机を回り込んで父に近づいた。

そして両腕を後ろに回して組み、父の顔を覗《のぞ》き込んで言う。

「なら、わたしが切ってあげましょうか？」

「ま、真子？」

手紙の入った籠は、机の上に置いてある。

真子は籠に手を伸ばし、蓋《ふた》を開けて掴《つか》めるだけ手紙を取り出した。

「ま、真子。何をする気だ？」

父の困惑した声に、微《かす》かに怒りが混じっているのを感じ、怯《ひる》みそうになる。

だが、ここで引いたりしない。

たとえ父に嫌われたとしても、わたしはこの手紙の封を切る。そして、お父さんに前に踏み出してもらうんだ。

机の上をさっと見回し、真子はそこにペーパーナイフを見つけて、取り上げた。

「真子っ！」

真治が大きな声で怒鳴った。真子はゆっくり父に向き直る。

「それを返しなさい」

「どうして？」

「私に宛てられた手紙だ。私が封を切る」

「いつ？　いつ封を切るの？」

「……それは」

「どうしていますぐじゃないの？　何を躊躇《ためら》ってるの？」

「……怖いからだ」

「何が怖いの？」

「真澄の気持ちに……触れるのが怖い。憎しみがこもっていても、愛がこもっていても……」

「怖いから、読んであげないの？」

「そういうことじゃない」

「ならどういうこと？　憎しみだろうが愛だろうが、過去のお母さんを全部受け止めてあげてよ！　逃げ続けるお父さんなんて、がっかり！　お母さんだって、きっとがっかりしてる！」

一気に叫び、真子は荒く息をついた。そして、真治を睨《にら》む。

「真子……」

真治はじっと真子を見つめていたが、顔を歪めて笑った。泣きそうなのを堪《こら》えているようだった。

「わかった」

一言そう口にした真治は、籠の中から手紙を一通手に取る。そして真子に手を差し出してきた。

「ペーパーナイフを」

真子は胸に込み上げてくる熱い塊《かたまり》をなんとか呑み込みながら、父にペーパーナイフを手渡した。

静まり返った部屋に、静かに封を切る音が響く。取り出した便箋《びんせん》を、真治は震える手で開いた。

文字に目を走らせている真治を、真子はただ見守る。

ふと、気配を感じて書斎のドアに目を向けると、和磨と拓海が開いたドアのところに立っていた。

かあっと、頬に熱が集まる。

も、もしかして、いまの全部、き、聞かれちゃってた？

気まずさが湧いてきたが、和磨と拓海は、よくやったといわんばかりに拳《こぶし》を突き出す。そしてすぐに姿を消した。

真子は父に目を戻した。手紙を読み終えたのか、真治は手で目を覆っている。

「お父さん……恨みつらみばっかりだった？」

真治が顔を上げて真子を見つめ、ゆっくりと首を横に振る。

「いや……」

真治は掠《かす》れた声でそれだけ言い、苦しそうに声を殺して泣き始めた。

ひとりにしてあげたほうがいいのだろうか？　それとも……

真子は躊躇《ためら》いながらも、真治の肩にそっと手を置く。そして父が落ち着くまで、ずっと背中を撫《な》で続けた。


朝食は、すっかり遅くなってしまった。けれど誰もそのことに触れず、みんなで遅い食事を終えた。

すると梅子が真治に歩み寄り、「旦那様」と声をかけた。

「なんだい、梅さん？」

梅子は、エプロンから何かを取り出して真治に差し出す。

「これを」

真治は梅子の手のひらにある鍵を見つめていたが、おもむろに手に取った。

みんなが自分を見つめているのに気づいた真治は、困ったように鍵を見せる。

「真澄の部屋の鍵だ。梅さんに掃除を任せていた」

「僕は一度も入ったことがない」

拓海が言う。

真治は真子を見て、「見たいかい？」と尋ねてきた。真子が頷くと、真治は次に凜子を見る。

凛子は考えてから、「そうね。見せてもらえるのであれば、わたしも見せてもらおうかしら」と言って、立ち上がった。ドアに向かう真治に、拓海と凛子がついて行く。真子は立ち上がる前に和磨と目を合わせた。

「和磨さん？」

「行っておいで」

そう促《うなが》され、真子は和磨に頷くと、急いで三人について行った。

真治は自分の部屋の隣室のドアの前で立ち止まり、ゆっくり鍵をカギ穴に差し込んだ。鍵を回すと、カチッと音がし、真治はそのまま動きを止めた。

「父さん」

まるで励ますように拓海が声をかける。真治は笑みを浮かべて頷き、ゆっくりとノブを回した。ドアが開けられる直前、真子は凛子と顔を見合わせる。

みんな、それぞれ違う思いを胸に抱えているんだろう。

真治がぎこちない動作でドアを開け、中に入った。残った三人は誰も動かない。

部屋の入り口で立ち止まり、真治は部屋を見回している。

「誰も入って来ないのか？」

真治が静かに口にし、まず拓海が中に入った。凛子も一歩中に入り、真子も凛子の隣に並ぶ。

ここがお母さんの部屋？　当時のお母さん、わたしとそう変わらない年齢だったのよね？

この部屋で、この家で、お母さんはどんな暮らしをしていたんだろう？

質素なものと、見るからに高級そうなものが混在している。シンプルなドレッサーの上には、三分の一ほど残った化粧水が置かれていて、それを見た真子はドキリとした。

そのままなんだ。本当にそのまま……

真子は誘われるようにドレッサーにふらふらと歩み寄って、口紅のひとつに手を伸ばした。

指が震え、手に取り損ねた口紅が転がって床に落ちる。真子は慌《あわ》ててしゃがみこみ、口紅を取り上げた。

キャップを開けようとしたら、指の震えが止まらず、手間取ってしまう。

出てきた口紅は、ほんのり桜色をしていた。

この色は、きっと母によく似合っただろう。

目の前がぼやけた。頬に涙が幾筋も伝う。

真子は声を押さえて涙し、鏡台の鏡を見つめた。

泣いている自分がいる。そしてその背後には、顔色を失った父がいた。

真子は振り返り、父の側に駆け寄った。

「お父さん」

「あ。ああ。変わらないな……」

真治はそう言うと、ちょっと笑った。

「当たり前だ。変わりようがない……」

真子の胸に切なさが迫る。

父の心の声が聞こえるようだった。『ここにはもう、真澄はいない……』と。

「何も持ち出していない。真澄は帰ってくるつもりだったんだ。なのに私は……彼女は私との思い出の品など、すべて捨てたかったのだと勘違いして……」

父の思いがダイレクトに流れ込んできて、真子の胸は鋭く痛んだ。

「父さん」

拓海が真治の肩に手を置き、元気づけるように揺らした。

凜子は顔をしかめて部屋を見つめている。

「時を巻き戻せたら……やり直せたら……」

真治は涙を堪《こら》えながら口にする。

「真治さん。そうできたらと、わたしも思うわ。けど……前にしか進めない。前を向いて進まないと」

凜子がそう言うと、真治は深いため息を吐く。

「天国は……実在するものだろうか？」

真治が独り言のように口にする。だが、誰も返事をしなかった。

堪えきれない涙が、下瞼《まぶた》に滲《にじ》む。

真子は手にしたままだった口紅をぎゅっと握り締めた。

## 22　功を奏す　～和磨～

「本当にいいのか？」

和磨は真子に再度確認した。

真澄の部屋から戻ってきた真子は、何か気持ちの変化があったようで、自分から朝見の家に行くと言った。

「はい。前に進まないと」

真子がそう言うと、凜子が「あらま」と声を上げる。真子は叔母を振り返って顔を赤く染めた。

「そうだな。前に進まないとな、真子」

拓海がからかうように言う。真治も笑みを浮かべていた。

やはり真澄さんの部屋で、何かあったらしいな。

理由はわからなくても、真子たちの和《なご》んだ空気を感じ取り、和磨は微笑んだ。


野本家を辞去することになり、真治たちが玄関まで見送りに出てくれる。

真子はまた来ると真治に約束し、和磨の車に乗り込んだ。凜子は最後まで梅子とおしゃべりし、名残《なごり》惜しそうに後部座席に乗った。

「凜子様、またいらしてくださいませね？」

「もちろんよ。必ず来るわ。ありがとう、梅子さん。拓ちゃんをお願いね」

「僕はまるで三歳児のようだな」

拓海はぶつくさ文句を言ったが、嬉しそうだ。

野本の家をあとにし、しばらくして凜子が話しかけてきた。

「ねぇ、和磨さん」

「はい、なんでしょうか。凜子さん」

「朝見の家まで、どのくらいかかるの？」

「ここからだと……四十分かからずに行けると思います」

「そう」

「そうだ、凜子さん」

「なあに？」

「朝見の家のあとで、真澄さんの墓参りに行きませんか？　凜子さんと一緒に、真澄さんにご挨拶できたらと思って」

「連れて行ってもらえるなら、もちろん行きたいわ」

「わかりました」

そのあと和磨は、真子と凜子が会話するのを聞きながら、運転に専念した。

三十分ほどで、家の近くまでやって来た。ここまで来たら、あと少しだ。

「もうそろそろ着くの？」

「はい。あと五分ほどで着きます」

「この森の中に、あなたの実家は建っているわけ？」

皮肉めいた凜子の問いかけに、和磨は「そうです」と返事した。

「もしかすると、お城みたいな家が現れるかもしれないわよ、真子」

「ま、まさか」

真子が少し笑いを引きつらせながら言う。

「ご期待に沿えずすみませんが、さすがに城ほど立派ではありません。ほら、見えてきましたよ」

片手をハンドルから離し、和磨は前方を指さす。

「えっ？」

屋敷が目に入ったのか、真子と凜子が同時に叫ぶ。

「あの、でっかい洋館が、あなたの実家なわけ？」

「そうなりますね」

さほどでかいとは思わないのだが、そんなことを正直に言っては、凜子の機嫌を損ねそうだ。

門が迫り、スピードを落として車を走らせていた和磨は眉をひそめた。

「あれ？」

「和磨さん、どうしたんですか？」

「いや。門が……」

和磨はそう答えながら、車に搭載されている機械を、もう一度操作した。だが自動で開くはずの門は動く気配もない。

和磨は門の前で車を停めた。

「おかしいな。門が開かない」

和磨は携帯を取り出し、家のことを取り仕切っている国村の携帯にかけた。

「国村、家の門が開かないんだが」

「はいっ？　もう門……えっ、開かない!?　本当でございますか？」

「嘘をついても仕方がないだろう？」

「お、お待ちください！　すぐに人を向かわせます」

その一言で通話は切られた。待っていると、ふたりの使用人が血相を変えて走ってきた。

ふたりは、手動で門を開け始める。大きな門だが、それほど力は必要ないらしい。だが、和磨を待たせていることに焦ったのか、力一杯門を動かそうとした使用人のひとりが、バランスを崩して地面に転がった。

「お、おい、大丈夫か？」

和磨が驚いて声をかけると、転がった使用人は、慌《あわ》てて起き上がる。

「だ、大丈夫です。申し訳ありません」

転がったことを謝られても、こっちも困るんだが。

門を開けてくれた使用人は、ふたりして頭を下げてくる。

「お待たせ致しました」

「ありがとう。それじゃ、中に入らせてもらうよ」

「はい」

和磨は門を抜けたところに一旦車を停めると、真子と凜子に断りを入れて車を降りた。

使用人に事情を聞いて戻り、真子と凜子に説明する。

「どうもシステムに異常が出たようです。あちこちに不具合が及んでいて、屋敷の中はいまパニック状態らしい。とんだタイミングで君と凜子さんを連れてきてしまったな」

こんな事態は初めてだ。この屋敷がこんな風に大騒ぎしているなんて、正直、面白くてならない。

機嫌よく車を玄関に向かわせていた和磨は、屋敷の横合いから出てきた人物に気づいた。

あれは祖母の長子《たけこ》だが……何をやってるんだろうな？

彼女は大量の荷物を抱え、よたよたと歩いている。

「あのひと、大変そうね。あれも、システム異常のせいなのかしら？」

「いや、そういうのでは……実は、あれは祖母なんですよ」

「えっ？　あの方、あなたのお祖母《ばあ》さんなの？」

「はい」

車を停めたら、長子がこちらを向いた。和磨に気づき、ぎょっとしたような顔をしている。

おかしいな。行く時間を知らせておいたはずなんだが……

和磨は車を降りて、長子に歩み寄った。真子と凜子も後ろからついてくる。

「長子さん」

「は、早すぎるんじゃないの？」

唖然としてこちらを見ていた長子が、慌《あわ》てたように動く。すると抱えているものがいくつか落ちた。

「早くないですよ。それにしても、こんなものを抱えて、いったいどうしたんですか？」

長子が抱えているものには、見覚えがある。これは和磨が旅先で買ってきた祖母への土産《みやげ》だ。

「和磨さんのお祖母様ですね」

凜子が前に出て、長子に声をかけた。

「初めまして。わたしは真子の叔母で青木《あおき》凜子と申します」

「ご丁寧にどうも。和磨の祖母の長子ですわ。凜子さん、初めまして」

長子と凜子が挨拶をしている間に、和磨は地面に転がったものを拾った。真子も手伝ってくれる。

「あらあら、まあ、真子さん、ありがとう」

俺も拾っているんだが……俺に礼はないのか？

そんな気持ちを込めて長子を見たが、きれいに無視された。

「ところで長子さん、これは、僕があげたものですよね？」

「ええ。そうよ。なのに、真人さんがよこどりしたのよ」

「よこどり？」

「あの子ったら、わたしがあなたからお土産をもらうたびに家にやってきて、自分には土産がひとつもなかったって、拗《す》ねた口調でくどくど嫌味を言うのよ」

「父さんが？　でも、父さんは土産《みやげ》などいらないと……」

長子は和磨と話しながら、真子が差し出したものを受け取っている。

「わたしからよこどりするのが楽しかったんでしょうよ。そういう捻《ひね》くれたことをするのが大好きですからね。いったい、誰に似たのかしら？」

和磨は思わず噴いた。長子が咎《とが》めるように見つめてくる。

「何がおっしゃりたいの、和磨さん？」

「僕は何も言っていませんよ」

「噴き出したじゃないの」

「よう」

そこに突然、別の声が割り込んできた。

その声にぎょっとした長子は、せっかく拾ったものをまた地面に落とす。

「ま、まあっ。もう真人さん！」

長子は息子に文句を言いつつ、屈《かが》んで落としたものを拾う。真子と凜子も手伝っている。

ついに出たか。和磨は、にやにや笑いを浮かべている真人を見る。

真子と凜子がやってくるという日に、システム異常という本来あり得ないことが起きた。

これは偶然か？

「ごめんなさいね。凜子さんも真子さんも、ありがとう」

長子が落としたものを拾い終わったところで、真人は凜子と真子の前に進み出た。

「いらっしゃい。朝見の家にようこそ」

楽しげに両手を広げ、真人は笑顔で真子と凜子を歓迎する。どうにもわざとらしいな。

「父さん、何を楽しんでるの？」

「楽しむ？　はて、なんのことだ？」

「ちょっと、あなたたち。そんなことより、まず挨拶が先でしょう」

長子に意見された真人は、人懐こい笑みを浮かべ、凜子に軽く頭を下げる。

「はじめまして。和磨の父の真人です」

凜子は一瞬、緊張の色を浮かべたが、すぐにすっと姿勢を正した。

「はじめまして。お目にかかれて嬉しいですわ。真子の叔母の青木凜子です」

「わたしも、お会いできて嬉しいですよ。真子さんも、いらっしゃい」

「は、はい」

真子はひどく固くなって返事をする。そんな真子を見て、和磨は心配になった。凜子を見ると、彼女も気遣わしげに真子を見つめている。

そうだよな。真子の緊張は、そう簡単に消せるものじゃないよな……

「いま、我が家はちょっとごたついてましてね。そうだ。これを」

真人がふいに一本の薔薇を凜子に差し出した。

そんなもの、持っていたとは気づかなかったぞ。

「あら、綺麗」

薄い紫色の薔薇を見て、凜子は笑顔になった。

凜子は嬉しそうに真人から薔薇を受け取り、ほれぼれと見入る。

「さあ、真子さんにも」

真子には、クリーム色の薔薇が差し出された。

「うん。やはりこの色は、君によく似合う。なあ、和磨」

「あ、ああ」

「この薔薇は、あの、お、お父様が、育ててらっしゃるんですか？」

真子がおずおずとそう尋ねた途端、真人が「いいな！」と叫んだ。真子がびっくりして後ずさる。

「父さん」

「ごめんごめん。驚かせたか。お父様と呼ばれたのが嬉しかったもんだから、ついな」

すると突然、真子と真人の間に長子が割り込む。そして期待に満ちた顔で真子に言った。

「真子さん、わたしのことは、どうぞお祖母《ばあ》様と呼んでちょうだい」

は？　お祖母様だ？

「私がそう呼ぶのは禁じたくせに」

和磨は長子に文句を言った。もちろん内心愉快でならない。長子は真子に、自分のことを本当の祖母のように思ってほしいのだろう。

「気分の問題よ。それより、せっかくおふたりに来ていただいたのに、いつまでもこんなところで立ち話なんて……真人さん、早く屋敷に入って寛《くつろ》いでいただいたら？」

「そうですね。でも、屋敷の中は、いまバタバタしていますし……あっ、そうだ」

真人は、いいことを思いついたというように、手のひらをポンと叩く。

「テラスのほうが、寛いでもらえるんじゃないかな」

「テラス？　まあ、花がお好きなら、いい場所ではあるわね」

「和磨、おふたりをテラスに案内してくれ」

「わかった」

「長子さんは、そのがらくたを早く片付けて……」

真人の言いように、長子の目が三角に釣り上がる。

「がらくたですって？　欲しがってよこどりしたくせに」

長子の抗議にも、真人はどこ吹く風だ。

ふたりのやりとりに、真子も凜子も笑いを我慢している。

「まったく、なんて子かしら……」

長子は頬を膨らませ、息子にぶつぶつ文句を言う。

凜子は花壇に転がり込んでいた赤くて丸い物体を拾い、長子に渡した。

「あら、ありがとう」

「よろしければ、半分お持ちしますわ」

「あら、いいのかしら？」

「はい。また落として、この素敵な工芸品が壊れでもしたら残念ですから」

「まあ。凜子さん……わたしのことは長子と呼んで頂戴な」

「それでは遠慮なく、そう呼ばせていただきますわ。長子さん」

ふたりは楽しそうに笑い合うと、荷物を半分にわけて抱えた。凜子は真子へ、「それじゃ、ちょっと行ってくるわね」と言い、長子と並んで行ってしまった。

「私は彩音に、あなたがたの到着を知らせて来よう」

真人はそう言うと、踵《きびす》を返して屋敷の裏手へと歩いて行く。和磨は思わず、その後ろ姿に「父さん」と呼びかけていた。

「なんだ？」

「何を企んでるの？」

「企んでいるとは心外だな。ただ、完璧は人に精神的苦痛を与える、とでも言っておこうか」

ああ、そういうことか……

「ありがとう」と言うと、真人は苦笑し歩いて行った。

ふたりして取り残され、和磨は真子に顔を寄せた。

「真子、どう？　まだ緊張しているかい？」

そう尋ねると、真子は和磨を見上げ、少し考えてから口を開く。

「なんか色々と、驚きの連続です。……それにしても、システムの異常って、大丈夫なんですか？」

真子は心配した様子で和磨に聞いてくる。いまの真子からは、先ほどの固さが消え失せている。

どうやら父にしてやられたようだな。

システム異常も、大量の土産物《みやげ》も……疑いようもなく真人の仕業《しわざ》だ。それはきっと、真子や凜子の緊張を和《やわ》らげるため。そして見事に功を奏している。

父の得意げな顔が浮かび、和磨は真子に気づかれないように、小さく笑った。

## 23　理屈抜きで　～真子～

和磨に案内されながら、真子は彼と肩を並べて歩いた。

朝見家の庭は起伏に富み、とんでもなく広い。高い樹木や緩《ゆる》やかな丘、澄んだ池や小川まで流れている。驚くべきことに、それらは人工的に作られたものではなく、どう見ても自然のもののように思えた。

真子は、木立の間を流れる小川を見つめながら歩く。

そして次第に、涼しげな水面《みなも》の誘いに抗《あらが》えなくなった。

「和磨さん、ちょっといいですか？」

和磨が歩みを止めて振り返る。

「どうした？」

「小川をちょっとだけ覗《のぞ》いてみたいの。いい？」

「ああ、もちろん構わないさ」

和磨の許可をもらい、真子は小川に駆け寄った。

「わあっ」

日差しを受けた水面が、キラキラと輝きを放っている。

川底には、手に取りたくなるほど綺麗な小石が敷き詰められていて、まるで宝石のようだ。

真子は思わず跪《ひざまず》き、水の中に手を差し入れる。そして川底から緑色の石を掴《つか》んだ。手のひらに載せた石を水面近くまで持ってきて、水と石を観賞する。

「こういう石って、水の中にあるから綺麗なんですよね。わたし、小さい頃、母と河原に遊びに行って、綺麗だ綺麗だってたくさん石を拾って……小さなプラスチックのバケツに入れて家に持って帰ったことがあるんです」

蘇《よみがえ》るまま思い出を口にし……そこで、真子はハッとした。

わたし……母との過去を、普通に思い出して、普通に口にしてるわ。

そんなことを思い、驚いている自分がおかしくなる。笑おうとしたら顔が歪み、なぜか涙が溢《あふ》れてきた。

嬉しいのに……泣くなんて……。でも、切ないよぉ。

「真子」

和磨が隣にしゃがみ込んできた。

「素敵な思い出だな」

真子は黙って頷いた。

和磨さんがいてくれるから、わたしは母との楽しかった暮らしを懐かしく思い出せる。

真子は涙を拭《ぬぐ》って微笑み、思い出の続きを言葉にする。

「でも……乾いてしまった石は、まるで死んでしまったみたいに褪《さ》めた色になってしまって……」

真子は石を水から上げて、日に照らした。濡れた石は光を受けて輝き、しばらくは綺麗だったが、すぐに光を失う。

「わたし、すっごく恐ろしくなっちゃって。石が死んじゃったって、母に泣きついたんです」

和磨が噴き出す。真子も、子どもの頃の自分がおかしくて噴いてしまう。

「自分のせいで石が死んでしまったと思ったんですよね。神様に咎《とが》められる気がして、怖かったんです」

「真澄さんは、なんて答えたんだ？」

「母は、石は死んでなんかいないわよって。でもあんなにキラキラしてたのに、キラキラしなくなっちゃったって言ったら、輝きは、ちゃんとこの中に詰まってるって……」

真子は乾いた石をじっと見つめた。

「お母さん、台所から水を汲《く》んできて、バケツの中にざあって入れたの」

真子は石を川の中にそっと戻した。チャポンと小さな音がして、石は他の石と混ざる。

「あの瞬間、魔法みたいに思えた」

「魔法だったんだろう」

真子は和磨を見て、笑みを浮かべた。きっと、そうだ。

「真子……」

和磨が強い眼差しを向けてきた。

「はい」

和磨の手が真子の頬に触れ、困るほど瞳を覗《のぞ》き込まれる。

そんな風にされると、どうにも顔が火照《ほて》ってしまう。

和磨は真子の前髪をそっと掻き上げた。和磨の指の触れた額《ひたい》がチリチリし、いたたまれない。

「もしかして和磨さんも、魔法が使えるんですか？」

真子がそう言うと、和磨は苦笑する。

「ああ、君が信じるのであれば、僕は魔法が使える」

わたしが信じれば？

「和磨さんは、不思議でいっぱいです」

「君も、不思議でいっぱいだ」

「わたしは、本気で言ってるんですよ」

ムキになって言うと、和磨の顔がゆっくりと近づいてきた。心臓がドキドキし始める。

「僕も本気さ」

和磨の息が唇にかかり、真子は恥ずかしくなって目を閉じた。

ふたりの唇が重なる。和磨は唇を触れ合わせたまま、言葉を口にした。

「僕の唇に……君の唇が触れただけで……僕の意識は……飛びそうになる」

和磨が一言言うたびに、真子の唇にもどかしい刺激が生まれる。

真子は耐え切れずに身体を震わせた。

言葉にできないほどのしあわせを感じる。それなのに胸が切なかった。


テラスに向かいながら、道草を食っていたふたりは、どちらからともなく手を繋《つな》いで歩く。

ぶらぶら歩いて池に辿《たど》り着き、花に囲まれたそこをしばらく眺めてから、ゆっくりテラスへ足を向けた。すると、否応《いやおう》なしに屋敷の全貌が目に入ってくる。

うわーっ、なんか圧倒されるんですけど。凄《すご》すぎて、もうなんて言っていいかわからないわ。

狭いアパート暮らししか経験のない身としては……きっとどうやっても落ち着かないだろうな。

和磨さんのマンションも、とんでもなく高級だったけど、あちらに住んでいるのは和磨さんだけだ。けど、こっちには和磨さんのご両親にお祖母《ばあ》様、それに国村さんご夫婦をはじめ、大勢の使用人さんがいるのよね。……とても落ち着けないわ。

「ほら、真子、あそこがテラスだ」

和磨が指をさして教えてくれる。目を向けると、おしゃれなテラスが目に飛び込んできた。

「わっ、素敵」

テラスはガラス戸で仕切られている。そのガラス戸の向こうに、たくさんの花が見えた。

「うん？　まだ誰も来ていないようだな」

和磨が独り言のように言う。確かにテラスの中に人の姿は見えない。

「ゆっくり回り道してきたのにな？」

和磨は誰もいないことに拍子《ひょうし》抜けしているようだが、真子にしたらちょっとありがたい。

気を楽にしてテラスに歩み寄り、ガラス戸の中の花を覗《のぞ》き込む。

「ほんと、花がいっぱいですね」

長子が、花が好きならいい場所だと言っていたが、鉢植えの花や観葉植物がいっぱい飾ってある。

和磨がガラス戸に触れると、鍵がかかっているようで開かなかった。

「誰か来るまで、待たなきゃならないみたいだな」

真子は和磨に頷き、ガラス越しに中を眺めた。

「凄《すご》く綺麗ですね」

テラスの片側には、白いテーブルと椅子が重ねて置いてある。ここでお茶を飲んだりするのかな？

「ああ、来たな」

それを聞き、真子は途端に緊張した。やって来たのは和磨の両親だ。緊張で身を固くした真子だが、ふたりは気さくに手を振ってくる。

和磨は軽く手を振り返しているが、さすがに真子はそこまでできない。

小走りでガラス戸にやってきた彩音が、内側から鍵を開けてくれた。

「真子さん、いらっしゃい」

嬉しそうに声をかけられて、真子も微笑み返す。

初めて会ったときから、和磨の母には好意を持っていた。なのに真子は、取りついた緊張を消し去ることができない。そんな自分が情けなくなる。

落ち込んでいたら、ぎゅっと両手を握られた。驚いて顔を上げると、彩音が真子を見つめて微笑んでいる。その瞬間、ぐわっと熱いものが胸に込み上げてきた。

真子に向けられた彩音の微笑みが、過去の母と重なる。

母が亡くなる数ヶ月前。学校の行事で一泊のキャンプに行った。キャンプから学校へと戻って来たバスを、たくさんの親たちが出迎えてくれた。母は仕事で忙しいから、真子はそこに母がいるとは思ってもいなかった。

けれど母はそこにいて……バスから降り立った真子を迎えてくれたのだ。

そして、いまの彩音と同じように、慈愛に満ちた笑みを浮かべた……

その記憶が胸に迫り、涙が込み上げてくる。真子はなんとかそれを抑え込もうとしたが、なす術《すべ》なく涙が溢《あふ》れてきた。

「真子さん」

やさしく呼びかけられ、真子は涙を零《こぼ》しながら頷いた。そこで初めて和磨は、真子が涙を流していることに気づいたようだ。

「真子、どうしたんだ⁉」

慌《あわ》てたように聞かれ、真子は笑みを浮かべて首を横に振った。

「なんでもないの」

急いで涙を拭《ぬぐ》おうとしたら、彩音がそっと涙を拭《ふ》いてくれた。

「あ」

驚いて声を上げるが、真子はじっと彩音の目を見つめた。

彩音も何も言わずに、真子を見つめて微笑んでいる。

不思議だ……なんだか、すべてわかってくれてるみたい。

「真子」

和磨が少しもどかしそうに呼びかけてきた。

真子は彩音に手を包まれたまま、和磨に視線を向けた。

「お母さんを思い出したの」

そう告げると、和磨は「そうか」とだけ言った。

あたたかな空気が流れているのを感じる。

理屈抜きで、ここに母がいるような気がして、真子は満ち足りた気持ちになった。

## 24　不安を理解　～和磨～

「よし、それじゃ、ここにテーブルと椅子を並べようじゃないか」

真人の掛け声で、四人はテラスにテーブルをセッティングすることになった。

そのことに、和磨は笑いが込み上げる。

普段であれば、両親は絶対にこんなことはやらない。なぜならこれは、使用人の仕事だからだ。彼らの仕事を主人がやってしまっては、彼らの立場がない。なのにあえてふたりは、当たり前の顔をして動いている。それは、すべて真子のためだろう。

そうした両親の配慮を、心からありがたく思う。きっと和磨のフォローだけでは足りなかった。両親と一緒に椅子を並べている真子は、いま何を考えているんだろうな。できるものなら知りたいと思うが……あとでふたりきりになれたときにでも、聞いてみるとしよう。

テーブルのセッティングが終わる頃、気づいた使用人が駆けつけてきた。彼らは慌《あわ》てた様子ながらも、瞬《また》く間にテラスの中を居心地のよい空間へと整えてくれる。

和磨は、あまりやりすぎるなよと思いつつ、彼らの仕事を見守った。

テーブルの中央に、生花が飾られたところで、国村政治《まさはる》とトシの夫婦が、飲み物と菓子を運んでくる。

紅茶と、見るからに手作りとわかる焼き菓子がテーブルに置かれた。

おや、これまた意外だな。ずいぶん質素だぞ。これも両親の指示なのか？

「真子さん、この焼き菓子、わたしが焼いたの。よかったら食べてみて」

彩音がそう言って真子に菓子を勧める。

確かに母は、ときどきお菓子作りをしていた。今回、真子のためにわざわざ作ってくれたのか？

和磨は母と目を合わせ、感謝の意味を込めて微《かす》かに頭を下げた。それを見た彩音がにこっと笑う。

和磨は皿に手を伸ばし、焼き菓子を摘《つ》まんで口に放り込んだ。

「ああ、まあまあだな。母さん」

その言葉に真子が咎《とが》めるような目を和磨に向ける。そして、自分も皿に取った焼き菓子を頬張った。

ゆっくり味わうように咀嚼《そしゃく》し、真子はなんとも胸にくる微笑みを浮かべる。

「美味《おい》しい」

噛み締めるみたいに真子は言った。

見れば両親は揃って、真子を慈《いつく》しむような目で見つめている。妙に胸にジンとくるものがあり、和磨が落ち着かない心持ちになったところに、長子に連れられた凜子がやってきた。

初対面の彩音と凜子が挨拶する。凜子の表情から、彩音に好感を持ってくれたのが窺《うかが》えた。

長子と凜子は、ずいぶんと仲良くなっていた。凜子は長子が暮らしている一軒家を気に入ったようで、真子にあれこれ話して聞かせている。

真子も興味を引かれたようだ。おかげで、長子の自尊心はくすぐられっぱなしで、それはもうご機嫌だった。

真人も長子も話題にことかかないひとなので、会話はずいぶんと盛り上がった。真子も凜子も、心から楽しんでいるのが伝わってきて、和磨はホッとする。

そして昼になり、運ばれてきた昼食を見て、和磨は首を傾《かし》げた。

大皿に盛られたサンドイッチ。もちろん美味《うま》そうなのだが……

まさか、これだけか？

思わずちらりと彩音を見てしまう。すると彩音は、和磨に向かって軽くウインクした。

豪華な料理でもてなすより、このほうがいいと考えたのだろうか？

どうやらこのことは、両親だけでなく、長子も承知しているようだ。普段なら絶対に文句を言っているところなのに、何も言わずにいる。

「さあ、遠慮せずに召し上がってくださいね」

彩音が凜子と真子にサンドイッチを勧める。

いや、それにしたって、やっぱり質素すぎるだろ……これではやりすぎ……

「ありがとうございます。豪華ですわね。種類が多いこと」

凜子が楽しそうにそう言い、和磨は思わず眉を寄せてしまう。さらに真子も……

「こんなに豪華なサンドイッチ、わたし初めてです。とっても美味しそう」

……どうやら、俺が間違っていたらしい。

美味しそうにサンドイッチを食べる真子を見て、和磨は反省し考えを改めたのだった。


「和磨、お前、真子さんに、屋敷の中を案内してやったらどうだ」

サンドイッチをたらふく食べて満足していたら、真人がそう勧めてきた。

屋敷の見学か？　それもいいかもな。

「真子、行くか？」

「あ、はい。それじゃ……」

和磨が立ち上がると、真子も椅子から腰を上げる。だいぶ寛《くつろ》いだ感じでほっとする。

「凜子さん、一緒に行きませんか？」

そう声をかければ、凜子が返事をする前に、真人が口を挟む。

「凜子さんは、私らと大人の会話をしたいだろうと思うぞ、ねえ、凜子さん」

「まるで僕らが子どものような言い方だな」

「お前は私らの子どもじゃないか」

「まあ、そうだけど。凜子さん、どちらがいいですか？」

凜子に決定をゆだねると、凜子は少し考えてから残ると言う。

和磨は、真子を連れてテラスをあとにした。

屋敷の中を歩きながら、和磨は眉を寄せて考え込む。

なんか気になるな。大人だけでどんな話をしようというんだ？

俺たちの結婚のことか？　それくらいしか思い当たらない。

いまさら反対なんてしないと思うんだが……まあ、今は気にしないようにするか。

ひとまず自分を納得させたところで、和磨は真子に声をかけた。

「さて、どこから案内しようか？」

「……和磨さんの部屋って、ここにもあるんですよね？」

「あるよ。けど、そこは最後にしよう」

「どうしてですか？」

「どうして？」

ベッドのある部屋にふたりきりになったら、襲いたくなるからに決まってる。

いや、それもいいか。

「な、なんでそんな凄《すご》みのある笑みを浮かべてるんです？」

「気にするな。なんとか夜まで待つ」

「はい？　夜まで……あ」

和磨の言いたいことに気づいたようで、真子は「え、えっと」と、あからさまに目を泳がせ、他の話題を探し始める。

そんな真子がおかしくて、つい笑ってしまう。真子はからかわれたと思ったのか、ぷーっと頬を膨らませた。和磨を睨《にら》むと、足を速めてどんどん歩いて行ってしまう。

しばらく彼女を先に歩かせたあと、頃合いを見て、和磨は横に並んだ。

「気が済んだか？」

「気が済みました！」

そう言い返し、真子は笑い出した。

和磨は我慢できずに、真子の口の端にキスをした。そして驚いている真子の手を引っ張るようにして歩き出す。

しかし、屋敷の案内をするといっても、どこに行くかな。

贅《ぜい》を尽くした部屋など見せては、真子は楽しむどころか萎縮してしまいそうだ。ということは、パーティー広間も、ダンスホールもなしだよな。スポーツジム、でかい食堂、厨房《ちゅうぼう》も却下だな。

なんだ、結局のところ連れていけるところなんてないじゃないか。

長子さんの家なら、真子は喜ぶんだろうが……あそこは小さな一軒家だし、真子の好きそうな素朴な造りだ。

そんなことを考えて歩いていたら、急に真子が立ち止まった。どうかしたのかと彼女を見ると、壁にかかった絵を見ている。

「この絵のひと……もしかしてお祖母《ばあ》様じゃないですか？」

「ああ、そうだ。よくわかったな。かなり若い頃のものなんだが」

「この目が……」

「確かに、印象深いな」

長子の眼差しには力がある。口元に笑みを浮かべた絵の中の長子は、その強い眼差しでこちらをじっと見つめている。

しかし和磨は、この絵を見ると、祖父の長子に対する深い愛情を感じてしまい、なぜか照れくさい思いにかられるのだ。

「これは祖父が描いた絵なんだ」

「えっ、お祖父《じい》様も絵を？」

「その縁で、長子さんと出会ったらしいよ」

「そうなんですか？　その話、もっと詳しく聞きたいです」

「詳しいことまでは僕も知らないんだ。そうだ、今度君が、直接長子さんに聞いてみるといい。君にならば話してくれるんじゃないかな」

「そ、そうでしょうか？」

「ああ。君は長子さんのお気に入りだから」

そう言ってやると、真子は困ったようにもじもじする。

これは喜んでいるんだよな？

「ところで、真子」

「はい」

「実際、朝見の家を訪問してみて、どう思った？」

「どうって……色々びっくりしました」

「どんなところにびっくりしたんだ？」

「想像していたのとはまるで違いました。わたし……きっと、すっごい高級そうなテーブルとソファのある豪華な応接間に通されるんじゃないかって思ってました」

まあ、この屋敷ではいつもはそれが普通だな。

「それが、あんな風に開放的なテラスで……ああ、でも、あそこも凄《すご》かったですけど」

なんだって？　あそこも、真子にとっては凄かったのか？

「でも、テーブルや椅子を並べる手伝いをさせられて、驚いたろう？」

客にさせることじゃないからな。さすがの真子もあれにはびっくり……

「はい？　別に驚きませんでしたけど」

逆に、そんなこと当たり前じゃないですか的な視線を向けられ、言葉に詰まる。

当たり前じゃないと思うんだが……

そうか、こういうところが、真子の不安を煽《あお》る世界の違いってやつなんだろう。

ようやく俺は、真子の不安の本質を理解できたようだ。そして両親は、最初から真子の不安を理解していたんだな。

これは経験の違いってことなんだろうか？　それとも俺が未熟なだけか……

「和磨さん、しあわせですね」

「うん？　しあわせ？」

「お母様にお菓子を焼いてもらえて。凄《すご》く羨《うらや》ましかったです」

実のところ、母の手作りの焼き菓子を食べたことは、そんなにない。

なにせ、トシの作ったもののほうが遥かに美味《うま》かったからな。

『わたしの作ったものも食べて』と言われても、和磨は手を伸ばさなかった。

俺、もしかして、最低なんじゃないか？

和磨は心の底から反省を促《うなが》されたのだった。

そんな和磨をよそに、真子は、屋敷の中を慌《あわ》ただしく走り回っている使用人たちを見て言う。

「みなさん、困ってるみたいですね」

「そうだな」

「でも……」

真子が気まずそうな笑みを浮かべる。

「うん、どうした？」

「わたし、みなさんが慌ててるのを見て……こんなことを言ってはいけないんでしょうけど……なんだか、ほっとしちゃって」

真子の言葉に、和磨は思わずふっと笑ってしまう。

「なんで笑ってるんですか？」

「いや。君がほっとしたのなら、よかったなと思っただけだ」

「よ、よくはないですよ」

「それもそうだな。だが、まあ、たまにはこういうこともあるさ」

「そうですよね。なんでも完璧じゃありませんよね」

真子は妙に嬉しそうだ。和磨はそんな真子を見て笑みを浮かべた。

父が口にした言葉が脳裏に浮かぶ。完璧は人に精神的苦痛を与える……その通りだな。おかげで真子はすっかり緊張を解いている。あとで父さんに礼を言わなきゃな。

## 25　謎の扉　～真子～

「ここが僕の部屋だ」

ドアを開け、和磨は真子を部屋の中へ促《うなが》す。

部屋の中に入った真子は、ちょっと面食らった。

もちろん、想像していた以上にハイセンスな部屋だったが……それ以上に真子が驚いたのは、ドアロのところが、玄関みたいになっていて、上がり口に部屋履きがふたつ並んでいたからだ。

しかも、青と赤でサイズも大小。

「君の分の部屋履きも用意してくれたらしいな」

「あ……そ、そうなんですね」

真子はそう言って自分の足元を見た。

わたし、この屋敷の中を当たり前のように靴を履いたまま歩いてたんだわ。それに、いまのいままで気づかなかったなんて。

「真子？」

気遣わしげに呼びかけられ、真子は驚いて和磨のほうを向いた。

「はい？」

「ここで部屋履きに履き替えるので、戸惑ったのか？」

「ああ、はい。それもありますけど……いま頃になって、気づいちゃって」

「気づいたって、何に？」

「ずっと、靴を履いたままだったってことにです」

「洋風の大きな屋敷だからな」

「ああ、ですよね」

確かに靴を脱ぐほうが、かえって違和感がある。それにしても……

「ねぇ、和磨さん。どの部屋も、こんな風になっていて、靴を脱いで部屋に入るんですか？」

「さすがにそれはないな。両親の部屋はここと同じ造りだが、他の部屋は靴を履いたままでいい」

「面白いですね」

「そうだな。さあ、上がってくれ」

和磨に勧められ、真子は靴を脱いで、赤い部屋履きを履いた。

「どうだ、サイズは？」

「少し大きめですけど、大丈夫です。可愛いですね」

和磨さんの青い部屋履きはシンプルだけど、この赤い部屋履きには、薔薇の花飾りがついていて、とっても可愛い。真子は何歩か歩いてみてから、和磨を振り返った。

「軽くて履き心地もいいです」

「そうか。よかった」

和磨は、低めのベッドの端に腰かける。

そのシチュエーションに、ちょっと心臓が速まってしまう。

「君も座ったらどうだ」

和磨が誘ってくるが、素直に従えない。

ここに来る前の和磨の言葉を思い出してしまい、変に意識してしまう。

「真子？」

「ひ、広いですね、和磨さんの部屋」

真子は焦って話題を変えた。

「そうか？」

「広いですよ」

真子は繰り返し、ぐるっと部屋を見回す。

部屋の中央にダブルベッドがでんと置かれ、壁際には机がある。大きな絵画が飾られていたり、インテリアもお洒落《しゃれ》。和磨のマンションとはまた違った雰囲気で、とてもモダンな部屋だ。

真子は机に歩み寄り、椅子に座ってみた。

うん。座り心地がいい。ここでなら仕事がはかどりそう。

「和磨さん、ここでお仕事とかしてるんでしょう？」

「うーん、それはないな」

「ないんですか？　和磨さんって、ビジネスとプライベートをしっかりわけてるんですね」

「そういうこともないんだが」

「えっ？」

「いや……それよりほら、こっちに来い」

ベッドに座ったまま、和磨は真子を手招きする。

真子は慌《あわ》てて顔を逸《そ》らし、目についた窓を褒《ほ》めた。

「わーっ、この窓もまたお洒落ですね」

大きな窓は、薄茶の色のついた格子《こうし》窓になっている。

あらっ、この窓、カーテンがついていないのね。

「さて、それじゃあ、真子。次に行くか？」

和磨が呼びかけてきて、振り返ると、すでに彼はベッドから立ち上がっていた。

どうやら、真子が側に来ないので諦めたらしい。そのまま和磨はドアに歩み寄って行く。それを見て、ちょっぴり残念な気持ちになったのは内緒だ。

和磨のあとに続こうとして、真子はもう一度部屋を見回した。そのとき、真子はこの部屋に、もうひとつ別の扉があるのに気づいた。その扉は、壁と一体化しているというか、よく見ないと扉だとわからない造りになっている。

「真子？」

「あ、はい」

返事をして和磨のほうを向いたら、彼はもう靴を履いている。

「行かないのか？」

「あ……行きますけど……あの、和磨さん。この部屋、ベランダがあるんですか？」

「そんなものはないぞ」

そう答える和磨が、なにやら珍しく落ち着かなさそうにしている。

「和磨さん？　どうかしたんですか？」

「どうもしてない。……と言いたいところだが、どうするかな？」

和磨は苦笑しつつ、何かを悩むような顔をする。

「どうするかなって、なんですか？」

「君がその扉に気づかなければ、そのままにしておくつもりだったんだ」

「あの、和磨さんが何を言っているのか、わからないんですけど」

「それなら、このまま出よう」

和磨は真子に手を差し出してくる。まるで、さっさとここから連れ出そうとしているようだ。

もちろんそんな態度を取られては、素直に従えない。

「……何を隠してるんですか？　気になっちゃって、このままここから出るなんて嫌ですよ」

すると、しばし黙り込んでいた和磨が、「わかった」と、仕方なさそうにもう一度靴を脱いで部屋に上がってきた。

「いったいなんなんですか？　この扉の向こう側には、何かとんでもないものでもあるんですか？」

「まあ、そう外れてもいないな」

和磨は真子のところまで来ると、彼女の手を取って謎の扉に向かう。

「言葉で説明するより、見た方が早い」

和磨はそう言って、扉を開けて外に出た。

そこは、吹き抜けの階段に通じる踊り場だった。

「こ、これは、どうなっているんですか？」

まるで別世界に飛び込んでしまった気がする。

「見た通りだ。ほら、階段を下りよう」

真子は唖然としながら和磨と階段を下りて行った。

口をぽかんと開けたまま、周りを見回す。

さっきまでいた和磨の寝室は、いくつかある部屋のひとつだったのだ。

「なんなんですか、ここは？」

驚きのまま、真子は思わず口にする。その目は、またとんでもないものを見つけた。

「あ、あれはキッチン？」

お、驚いた！　和磨さんのご両親の家のはずが、ここだけまるで別物だわ。

「まるで一軒家みたい……」

少々放心気味に呟《つぶや》く。

「正しい感想だな。ここは、そういう風に造られたんだ」

和磨の声は妙に硬かったのだが、放心している真子はそのことに気づかなかった。

自分のいる場所を、とにかく何度も眺め回してしまう。

「ここはダイニングで、向こう側がリビングですよね？　まさかと思いますけど、トイレや洗面所、お風呂場もあるとか？」

「ああ、ある」

その返事には、もう驚かなかった。

「ついでに言えば、玄関もあるぞ。向こうのドアは書斎に続いてる。それで全部だ」

それで全部って……

か、簡単に言ってほしくないんですけど！

ようやく放心状態から我に返った真子は、胸の内で和磨に噛みつく。

ここに来て一番のぶっ飛んだ状況に、なんだか頭が痛くなってきた。

## 26　辛抱も辛くない　～和磨～

あーあ、結局、バレてしまったな。

俺の寝室だけ見せて、そこでちょっと真子を味わって、みんなのところに戻ろうという計画だったのに……

しかし、こんなものを見せられて、真子は大丈夫だろうか？

住む世界の違いを感じて、ふたりの間に溝ができたりしていないだろうか？

そう不安に思った瞬間、真子が声を上げて笑い出し、和磨は呆気にとられた。

「真子？」

「ご、ごめんなさい。もう笑うしかないと言うか……」

「えっ？」

笑うしかない？

「和磨さんの実家、ぶっ飛び過ぎです。ありえませんよ。ここどか……もおっ」

真子は怒ったような声を出し、和磨のほうを向いて膨れっ面《つら》をする。

その顔は可愛いが……いや、いまはそんなことを言っている場合じゃないよな。

そうか……ぶっ飛んでたか。それが真子の感想？

つまり、真子は仰天したが……俺との距離を感じたとか、世界の違いを見せつけられて萎縮したということはないわけか？

くすくす笑っている真子を見る限り、心配はいらないそうだが。

凜子から、真子がどんな思いでいるかを聞き、自分勝手な解釈をせずに、もっと真子の気持ちになって考えなければと心に誓った。

実際真子は、朝見家を訪問することを、ひどく不安に思い、相当緊張していた。

だが、いまの真子は？

和磨は、いまだくすくす笑い続ける真子を、そっと抱き寄せた。真子は、素直に従う。

「真子」

「あー、もう笑い過ぎてお腹痛いです」

そんな言葉を聞き、いい意味で気が抜ける。和磨は湧き上がる安堵を噛み締めた。

どうやら俺は、凜子さんから厳しく注意されて、必要以上に神経を尖《とが》らせていたようだ。無意識に腫《は》れ物に触るように真子に接していた気がする。

もちろん、それでよかったと思うし、いまの真子だけ見て、安心してしまうのは早計だろう。

真子はキッチンが気になるようで、そちらを窺《うかが》っている。

「キッチンを見てみるか？　まあ、何もないんだけどな」

「もしかして、一度も使ったことがないとか？」

「ないな」

「お湯も沸かしたことがないんですか？」

「ああ。そもそもヤカンがない。調理器具なんていっさいないし、空《から》っぽの状態だ」

「もったいないですね」

「そう言われてもな……ここで飯を作る必要はないからな。ここでの飯は、両親と一緒に食べるから」

「ああ、それはそうですよね。ここが一軒家みたいだから……なんか混乱しちゃって」

真子はそう言いながら、キッチンに歩み寄って行く。和磨もそれに続いた。

「つまりこのキッチンは、和磨さんが結婚して、将来ここに住むときに必要になるかもしれないから、用意されたものなわけですか？」

「そういうことだな。まあ、両親の道楽でもある。この屋敷を建てるとき、両親はそれはもう色々と知恵をしぼったようだ」

「しぼった結果が現れてると思います」

「ふたりにそう言ってやったら、喜ぶよ」

くすくすと楽しそうに笑っている真子を見つめながらキッチンに入ったら、真子は何を目にしたのか「あら」と叫ぶ。

「どうした？」

「冷蔵庫、使わないのにあるんですね」

冷蔵庫？

「は？　こんなもの、前はなかったぞ」

「そうなんですか？　でも、和磨さん空《から》っぽって言ったけど、色々置いてありますよ。ほら、お洒《しゃ》落《れ》なケトルもあるし……こういうのいいですね」

真子は流し台の上に置いてあるケトルを取り上げて、しげしげと眺めた。

冷蔵庫にケトル……いや、それだけではない。あちらこちらに物が置いてある。

食器棚のガラス越しにも、何か入っているのが見えた。

ガラス戸を開けてみたら、インスタントコーヒーにお茶、紅茶のティーバッグ。クッキーやせんべいなどの菓子類。チョコレートやガムなんてものまである。さらには数種類のカップめんまで。

これがどういった目的で置かれたものか、だいたい想像がついた。

おそらく、ここを訪れた真子の印象をよくしようというのが、狙いなんじゃないのか？

そして狙い通り、この生活感に溢《あふ》れるものたちは、真子の印象をよくしたようだった。

和磨はふっと笑い、棚からインスタントコーヒーとクッキーを取り出した。

「真子、こんなものがあったぞ。コーヒーでも飲むか？　あ、でもカップ……ああ、あるな」

「わたしたちのために用意してくださったんでしょうか？」

「そのようだ。せっかくだし、いただこうじゃないか」

「はい。コーヒー飲みたかったので……あっ、このクッキー、美味《おい》しいんですよ。会社の近くのコンビニでも売ってて、野本……兄さんが買ってきてくれて、みんなで食べたんです」

「そうなのか」

しかし、コンビニ？　もしかして、ここにある商品、全部コンビニで買ったものかもしれないな。親父の奴、ドリンクゼリー以来、ずいぶんとコンビニを気に入ったようだからな。

早速ケトルでお湯を沸かし始める真子を見て、和磨はマグカップをふたつ取り出した。

真子がコーヒーを淹《い》れてくれる間、和磨はふと思いついて、冷蔵庫を開けてみた。もしかすると、コーヒーに入れるミルクも入っているかもしれない。

かくして、冷蔵庫の中にはちゃんとミルクも入っていた。そしてそれだけでなく……

「なんで、みたらし？」

眉を寄せて口にしたら、真子が隣にやってきた。

「みたらしまであったんですか？」

「ああ。大福もあるぞ。ジュースのパックも」

「色々入れてくださったんですね」

真子は楽しそうにしている。その反応を見て、両親の細部まで行き届いた気遣いに和磨は脱帽した。胸の中に、両親への感謝の思いが湧く。

和磨は湯気のたつコーヒーカップを両手に持ち、それをダイニングへと運んだ。真子はクッキーの箱を手についてくる。

「真子、どこがいい？」

ダイニングはリビングも兼ねているため、かなりの広さがある。座るところも選び放題だ。

「そうですね。窓際のソファが……」

「ああ、カーテンが閉じたままだったな。開けよう」

センサーで、勝手に照明がつくようになっていたので、カーテンが閉じたままなのに気づかなかった。

和磨は窓際のテーブルにカップを置き、カーテンを開ける。すると日の光が一気に部屋の中に入り込み、部屋の印象はがらりと変わった。

「わあっ、素敵」

凝った窓を見て、真子は感嘆したような声を上げる。

ここは屋敷の一番東端になり、壁一面に大きな窓が取り付けてあるのだ。

「目玉が飛び出しそうです」

「安心しろ、飛び出してはいないぞ」

「もおっ」

真子は唇を尖《とが》らせて和磨を叩き、それからもう一度ダイニング全体を見回す。

「和磨さんのマンションも凄《すご》かったですけど……こちらのほうがもっと……」

真子はそんな感想を漏《も》らしながら、ゆっくりと窓に近づいていく。

「わあっ、この庭も……不思議……ホントに一軒家にいるみたい」

窓の外を眺めながら口にする真子の声は、笑いを含んでいる。

考えたら、和磨もここからの景色をじっくり見たことはなかった。ここに来ても、ただ寝室に寝るだけで……。せっかく庭師が丹精込めて造り、こうして素晴らしい状態を維持してくれているのだ。もっと愛《め》でてやるべきだったと反省する。

「外に出てみたいですけど……靴を持ってこないといけませんね」

「それもいいが、せっかく君が淹《い》れてくれたコーヒーが冷めてしまうし、座って飲まないか？」

「それもそうですね」

先に真子をふたり掛けのソファに座らせ、和磨も隣に座る。

おっ、いいなこのソファ。座るとふたりの身体がうまいこと密着する。

真子の体温が伝わってきて、どうにも淫《みだ》らな気分になる。もちろん、それと悟られると真子が逃げてしまうので、表面的には平静を装う。

真子は目を細めて窓の外の景色を眺めながら、コーヒーを啜《すす》っている。

彼女は、隣にいる和磨の中で、真子を求める気持ちが急激に大きくなっているなんて、思いもしないようだ。

さっき一度我慢したからな。もう手を出したくて堪《たま》らない。

見下ろす先にある、細い首筋を舌で舐《な》め上げ、ひくひくと身を震わせる真子を想像してしまい、表情筋が緩《ゆる》む。

「なんか、落ち着きますすね」

「……うん？」

想像の中で真子を激しく貪《むさぼ》っていた和磨は、真子がなんと言ったのか聞き逃した。

「もしかして、寛《くつろ》ぎ過ぎて眠くなったんですか？」

「あ……まあ、そうだな」

眠くはないが、ベッドに飛んで行きたい。真子を抱えて。

「わたしも、なんだか……はふぁ」

真子が可愛い欠伸《あくび》を漏《も》らす。こちらは本当に眠くなったらしい。

「クッキー食べます？」

いや、俺はクッキーではなく君が食べたい。と心の中で答えつつ、「もらおうかな」と一枚受け取った。隣で真子がクッキーを頬張ると、サクッサクッといい音がする。

あー、その音すら、妙に卑猥《ひわい》に聞こえる。

真子はただクッキーを食べているだけなのに、俺には、なんでこんなにエロく感じるんだろうな？

そんな疑問を真剣に考えつつ、和磨もクッキーをかじった。

「ふん、バター風味で美味《うま》いじゃないか」

「でしょう？」

なぜか真子は、自慢するように胸を張る。

その所作、可愛すぎるぞ。

あー、真子が食べたい。

そう思ったときには、和磨は真子の唇にくっ付いていたクッキーの欠片《かけら》を舐《な》め取っていた。

「ひゃっ」

驚いた真子の身体を両手で絡《から》め取り、唇を合わせる。

「か……んっ」

真子は和磨の胸を押し返し、形ばかりの抵抗をみせる。しかし、それすら甘美だ。

口づけを深め、甘いキスに酔う。

和磨の手は、無意識に真子のやわらかな膨らみに触れていた。真子の抵抗が少し強まる。

「か、かず……ダ、んん……メ……んんっ」

膨らみのてっぺんを、指先で転がす。やわらかだったそれが、次第に硬くなっていく。その変化に身体中をゾクゾクした感覚が走り抜ける。

真子が感じているのが伝わってきて、和磨の欲望はさらに煽《あお》られた。欲望のまま、真子の太腿の間に手を差し込んだら、物凄《ものすご》い力で足を閉じられた。動かそうにも動かせない。

「真子……力を緩《ゆる》めてくれ」

「ダ、ダメですよ。もうみんなのところに戻らないといけないのに……わたし、戻れなくなります」

訴えるように言われ、和磨の理性が戻ってきた。

確かに……ここで最後までしてしまえば……真子はみんなと顔を合わせづらくなるだろう。

仕方ない。とは思うものの、すでに下半身は、すっかりその気になっていて、ここで終わることに不服を訴えている。

「あーっ、もうこのまま、ここに泊まるんじゃダメか？」

「ダメですよ。このあと、墓参りに行こうって言い出したの和磨さんでしょ。凛子叔母さんも送って行かないといけないんですし」

「……そうだったな」

和磨はしゅんと萎《しお》れ、渋々真子から手を離した。

「そ、そんなにがっかりしないでください」

そんなことを言う真子を、和磨は恨めしげに見る。

「わ、わたしだって……その……ちょっと残念だなぁとか……お、思ったりしてるんですから」

その言葉に、和磨は一気にテンションが上がった。

「本当か？」

「ほ、本当です。もおっ、こんなこと言わせないでください！」

真子はぷりぷり怒りながら立ち上がる。そして、空《から》になったカップをふたつ手に取り、キッチンに駆け込んでいった。

行為を中断して、がっかりしているのが自分だけじゃないとわかると、この辛抱も辛いものじゃなくなった。

# 27　本物の笑顔　～真子～

ああー、もうどうしようかと思ったわ。

和磨さんったら、場所を考えてくれないんだもの……

あんなことをされたら身体が火照《ほて》ってならない。なにより秘部が妙に潤《うる》んでしまって、いたたまれないったらない。

少しムッとした顔でカップを洗っていると、和磨がやってきた。

ぴったりと密着してきたので、焦った真子は濡れたカップで身体をガードする。

「触れるくらいいいだろう？　それ以上は何もしない」

「し、したじゃないですか」

「もうやらないってことだ」

和磨は真子の頭を抱えるようにして、髪に唇で触れた。甘い雰囲気に、また熱が上がりそうになるが、和磨はそれだけですぐに身を離した。

「それじゃ、片付いたらみんなのところに戻るか」

そう言った和磨は、冷蔵庫を開けて、中に入っていたものを取り出し始める。

「それどうするんですか？」

「もちろん持って帰るのさ」

「持って帰ってしまっていいんですか？」

「ああ。持って帰ったほうが喜ぶ」

よくわからないけど……和磨さんがそう言うなら、そのほうがいいんだろう。

和磨は食器棚に入っていたものも取り出し、引き出しから見つけ出したレジ袋に、それらを入れた。

「それじゃ、行こうか？」

「はい」

和磨はレジ袋を持ち、階段に向かっていく。和磨のあとに続いて階段を上りながら、真子は階下の風景を眺めた。

「あっ、お庭、見そこねちゃいましたね」

「また今度来たときに見ればいいさ」

「……今度」

「ああ、今度」

「そうですね」

明るく言ったら、和磨は嬉しそうに微笑む。その笑みを見て、真子は胸がいっぱいになった。

ここでのわたしの言動を、和磨さんが凄《すご》く気にしてくれているのが伝わってくる。彼が、わたしの気持ちを、理解しようとしてくれているんだ。

だからわたしも、そんな和磨さんに応《こた》えたいと思う。

部屋をあとにし、みんなのいるテラスに向かう。

先ほどまでバタバタしていた雰囲気も、いまはすっかり落ち着いている。

「システム、復旧したんでしょうか？」

「そのようだな」

それを聞いて、ほっとした。

「よかったですね。みなさん、大変そうでしたものね」

「ああ。けど、まあ……こういうこともたまには起こるさ」

「そうですよね。こういうことも、たまには起きますよね」

そんな話をしながらテラスに近づいて行くと、なにやら話し声が聞こえてきた。真人と国村のようだ。

すると、何故か和磨が少し足を速めた。真子もついて行く。

「……どんなものでも壊れることはあるし、最後には寿命がくるものなんだ」

「ですが……旦那様」

「ならば、あとで私がしっかりと細部まで点検しよう。それならいいだろう？」

「父さんなら、今回のシステム異常の原因を、的確に暴けるだろうさ」

和磨がふたりの会話に割り込み、真人と国村が同時にこちらを向いた。

「和磨」

真人は、和磨が手に提《さ》げているレジ袋を見て微笑んだ。

「これ、もらって帰るよ」

「そうか。嬉しいな」

「いったいどこで買ってきたんだい？」

「もちろんコンビニだ」

当たり前だろうと言うように真人は言う。そして得々としてコンビニ談義を始めた。色んなコンビニの特徴を、真人はそれはもう楽しそうに語る。よほどコンビニが気に入ったらしい。大会社の会長さんなのにと思うと、真子はおかしくなってしまう。

笑いを堪《こら》えていた真子は、テラスにいる凜子と目が合った。凜子が少し手を上げて合図してきたので、こちらからも返す。

凜子はすっかりこの場に馴染んだ様子で、表情が穏やかになっていた。

叔母さん、わたしがいない間に、朝見のみなさんとすっかり打ち解けたみたい。そうわかって真子も穏やかな気持ちになる。だからなのか、真子は真人に普通に話しかけていた。

「でもコンビニは、スーパーよりも価格が高いですよね」

「高い？」

真人の声は、驚いたように一段高くなった。

「は、はい」

「だ、だが……みたらしは三本で百五十円だったんだぞ」

「スーパーだと、百円くらいで売ってたりしますから」

そう伝えると、真人の目の色が変わった……と思う。

「真子さん。どこにあるのかね？　そのスーパーは？」

真人が凄《すご》い勢いでぐいぐい迫って来るので、真子は思わず後ずさってしまう。

「ど、どこって、どこにでもあると思いますけど……」

「真子、場所を教えたりするなよ」

和磨が真子に耳打ちしてきた。声を抑えていたが、真人には聞こえたらしい。その証拠に、真人はむっとして和磨を睨《にら》んでいる。

「どうしてですか？」

真子は戸惑って問い返した。

「決まってるだろ。この物珍しがり屋が、スーパーを襲撃するからさ」

「お前な、仮にも私は、お前の父親だぞ」

和磨の言いように、不満たらたらで真人が叫ぶ。

そこで凜子が噴き出した。長子や彩音も楽しそうに笑っている。真子もどうにも我慢できずに、笑ってしまった。

みんなに笑われて真人は唇を尖《とが》らせていたが、側で国村が笑うに笑えずに口元を歪めているのに気づくと、彼に詰め寄った。まさか叱るつもりではないかと、真子はドキリとしたが……

「国村、我慢せずに、笑いたいなら笑えばいいさ」

「も、申し訳……」

堪《こら》えすぎたのが仇《あだ》になったのか、国村が派手に噴き出した。

笑われて渋い顔をしながらも、真人は愉快そうだ。その場の笑いは膨らむばかりで、真子も一緒になって笑った。


「今日は、ありがとうございました」

凜子が和磨の父と長子に頭を下げる。真子も一緒にお礼を言って頭を下げた。

長子が凜子の手を取り、再会を約束している。

「あの、お母様は？」

いつの間にか、彩音の姿が見えなくなっていた。

「真澄の墓参りに行くと伝えたら、それならお花を供えて欲しいっておっしゃってね」

凜子が教えてくれた。

花を？

そこに、花束を抱えた彩音が戻ってきた。

「まあ、なんて綺麗なお花。真澄も喜びますわ」

花束を受け取り、凜子は嬉しそうにお礼を言う。だが、急に彼女は顔を歪め、涙を浮かべた。

「凜子さん？」

「す、すみません。……なんだか、胸がいっぱいになってしまって……」

凛子はバッグからハンカチを取り出し、涙を拭《ふ》く。

「ここに来てよかったと、本当に思います」

「凛子さん」

長子が、凛子の肩に手を添え、わかっていると言うようにやさしく叩いた。

「わたしは間違っていました。お恥ずかしい話ですが、お金持ちに偏見を持っていたんです」

込み上げてくる涙を拭きながら、凛子は告白する。

「真子が苦労するんじゃないかって……心配で……けど、みなさんにお会いして、安心しました」

「そう言っていただけると、わたしも嬉しいわ。凛子さん」

「はい。こんな素敵なお祖母《ばあ》様ができるなんて、真子はしあわせ者です」

そう言って凛子が真子を見つめてくる。どうにも照れくさくて、真子は視線を逸《そ》らして俯《うつむ》いた。

「真子を、よろしくお願いします」

凛子が深々と頭を下げる。それを見た真子も、慌《あわ》てて頭を下げた。

「近いうちに、わたしも真澄さんのお墓参りをさせていただいてもよろしいですか？」

彩音がそう言ってくれ、真子は笑顔で頷いた。

「はい。ありがとうございます」

「もちろん、私もよ」

「私もついて行くぞ」

長子と真人も続けて言ってくれ、真子は堪《こら》えきれずに涙ぐんでしまった。

彼らの人柄の良さが、ストレートに伝わってくる。

婚約パーティーのときも、和磨さんの家族はいまと同じように気さくに接してくれていた。けど、いまのほうがより親近感を感じられる。

それは、きっと、わたしの意識が変わったからなんだろうな。

車に乗った真子たちを、和磨の家族は揃って見送ってくれた。三人に手を振りながら、真子はここに来てよかったと、心から思った。


「綺麗なお花、いっぱい貰《もら》っちゃったわね」

凜子がしみじみと嬉しそうに言い、真子は頷いた。

「でも、時間は大丈夫かしら？　早く行かないと、叔母さんの飛行機の時間もあるし……」

「何言ってるの。まだ充分時間はあるじゃない。貴子のところに五時くらいに送ってもらえればいいわ」

「五時？　もう二時なのよ。あと三時間しかないけど」

「三時間もあるじゃないの」

「だって、お母さんのお墓はとても遠いし。電車で片道二時間近くかかるのよ。駅からもかなり歩かなきゃならないし……。車でも同じくらいかかるんじゃないの？」

だから、もっと頻繁《ひんぱん》にお墓参りしてあげたいんだけど、なかなか行けないのよね。

「電車は乗り換えしなくちゃならないし……道もわかりにくくて、わたし、辿《たど》り着けなくて、引き返したこともあるのよ」

「ふむ。それで、無事に帰って来られたのか？」

和磨に聞かれ、真子は笑った。

「自分の家に帰るのに、迷子になったりしませんよ」

「真子、ちょっと聞くけど……」

「なあに、叔母さん？」

「墓地に行くのに、あのアパートから、なんで電車の乗り換えが必要なの？」

凜子から怪訝そうに問われて、真子は戸惑った。

「なんでと言われても……」

「意外だな……」

和磨がぽつりと口にし、真子は「意外って何がですか？」と聞いた。

「凜子さん、知らないんですね」

「知らないって何を？」

「真子ですよ。彼女は方向音痴です」

「ええっ！　わたし、方向音痴なんかじゃないわ」

和磨に言い返したら、「ちょっと真子」と凜子が呼びかけてくる。

「な、なあに？」

「あんたのアパートから、どんな道順で墓地まで行ったのか、説明してみてちょうだい」

真子はむっとしつつも、彼女の頭の中にある道順を口にすると、「よく、毎日、会社に辿《たど》り着けてたわね」と感心したように言われた。和磨が派手に噴き出す。

「なっ、なんで？」

「いい、真子。あんたは乗り換える必要のない駅で降りて、わざわざ遠回りする路線に乗り換えてるのよ」

「えっ？」

ほ、ほんとなの？　わたしは意味もなく遠回りしてお墓参りに行っていたってこと？

「方向音痴だったなんて……叔母さんびっくりだわ」

真子は眉を寄せて黙りこくった。

和磨と凜子は、黙り込んだ真子には触れず、母と凜子の生まれた芳崎の家のことを話し始めた。

芳崎家は、和磨のマンションのある津田にあったそうだが、家はすでに売り払ってしまい、その跡地がどうなっているのか凜子も知らないらしい。

「真子、見に行ってみようか？」

「あ、はい。行ってみたいです」

急に話しかけられ、真子は思わず答えた。変なレッテルを張られて面白くはないが、拗《す》ねてばかりもいられない。

「わたしも行ってみたくなったわ。けど……あそこが自分とは無関係になったのを目の当たりにするのは、やっぱり辛いわね」

その気持ちはわかる。わたしだって、お母さんと住んでいたアパートに、知らないひとが住んでいたらショックを受けると思う。けど、あのアパート、わたしたちが住んでいたときから、かなり古かったし……もう建て替えられてしまったかも。

よし。和磨さんも、今度一緒に行こうって言ってくれたし、近いうちに必ず行こう。

和磨は凛子が口にした住所を、そらで覚えたようだった。

墓地に到着し車を降りる。凛子は花束を持ち、三人は売店に向かった。そこで線香など、お墓参りに必要なものを買い込み、水汲《く》み場に向かう。

母の眠る墓地は、お寺が管理してくれていて、そこそこの広さがある。辺りにはちらほら人の姿があり、水汲み場にも先客の男性がいた。その男性の背中を見た真子は、目を丸くする。

「の、野本さん……」

「拓ちゃん？　まあ、ほんとだわ」

凛子もこの偶然に驚きの声を上げた。

真子は拓海に駆け寄ろうとしたが、そこで足を止めた。片手に桶《おけ》を持ったまま拓海は項垂《うなだ》れ、身動きひとつしない。それはとても不自然なことだった。いったい何があったんだろう？

「真治さんも一緒かしら？」

声を潜《ひそ》めて凛子が言った。

「たぶん」

和磨も小声で答える。

拓海を見つめ、真子は胸に熱いものが込み上げてくる。

拓海は泣いている。たとえ涙を流していないとしても……

三人とも何も言わぬまま、拓海の後ろ姿を見つめる。

しばらくそうして佇《たたず》んでいたが、凜子が前に踏み出した。和磨と真子は、凜子が拓海に声をかけるのを、その場で見守る。

「拓ちゃん」

ハッとして拓海が振り返った。そこに凜子の姿を捉《とら》えて、驚きに目を丸くしている。

「叔母さん！　驚いたな」

「驚いたのはこっちも同じよ」

「よく考えれば、叔母さんがここにいらっしゃるのは、当然のことですね」

「真治さんも一緒なの？」

「ええ、墓前にいます」

「ひとりにして欲しいって？」

「いいえ。僕が……いたたまれなくて……」

「そう」

凜子が和磨と真子を振り返り、拓海もこちらに視線を向けた。

「真子」

拓海が嬉しそうな笑みを浮かべて、手を振ってくる。拓海の笑顔が見られて、真子はほっとした。

真子は和磨と一緒に、ふたりに歩み寄る。

「あなたが行こうって、真治さんを誘ったの？」

「いえ……父から。母の手紙を読んで、父はやっと、本気で母の死を受け入れるつもりになったのかなと……思います」

「真治さんにとって、通る必要のある道ね」

「そうですね。そう思います」

拓海は、手にした桶《おけ》を見つめ、ここに来た目的を思い出したように水を入れた。

同じく桶を持っていた和磨が、拓海に倣《なら》う。

「ねぇ拓ちゃん、わたしたちも真澄の墓に行ってもいいかしら？」

「もちろん構いませんよ。放っておけば、父は一日中でも母の墓前に張り付いたままでしょうし。……行ってもらったほうがありがたい」

拓海は凜子と並んで歩き出した。真子も、和磨とともにふたりのあとについて行く。

黙々となだらかな傾斜の坂道を下りて行ったが、母の墓前にいる父のことが気になってならない。早く行ってあげたい気持ちと、行くのを拒《こば》む気持ちがせめぎ合う。

お父さんの気持ちを思うと、どうにも堪《たま》らない。

前を歩く凜子と拓海が立ち止まった。真子と和磨も立ち止まる。四人の視線は、真澄の墓を前にして頭を垂れる真治に向けられた。

「真子、君が話しかけたほうがいい」

和磨は小声でそう勧める。凛子と拓海も、真子を見つめて頷いた。頷き返して一歩前に踏み出したものの、微動だにしない父親の姿に、二の足を踏んでしまう。

そのとき、やさしく背中をトントンと叩かれた。振り返ると凛子が力づけるように頷いてくれる。

真子は頷き返し、ゆっくりと足を進めた。父の側まで行き、「お父さん」と呼びかける。

真治はハッとして顔を上げた。

「真子？」

驚いた真治は、凛子たちにも気づいたようだ。

「凛子さん……そうか」

真治はゆっくりと立ち上がろうとしたが、少しよろめいた。真子は慌《あわ》てて父を支える。

「すまない。ずっと座り込んでいたものだから……足が痺《しび》れてしまったようだ」

真治は笑いながらそう言うと、上半身を折り、自分の足を幾度かさすった。

「お父さん、大丈夫？」

「ああ、大丈夫だ」

「真澄、喜んでいるわね」

凛子が微笑んで言う。

「家族みんなが揃って来てくれて……」

凛子は眩《まぶ》しげに空を見上げ、それから真澄の墓を見つめた。

真澄の墓には、瑞々《みずみず》しい花が供えてあった。真治たちが持ってきてくれたのだろう。

みんなで桶《おけ》の水を使い墓石の汚れを綺麗に洗い流す。そして凜子の抱えてきた花も供えた。

真子は母の墓に手を合わせ、父や兄に会えたことを報告した。そしてもちろん、愛するひとと出会えたことも……

前回、ここに来た時の自分を真子は思い出した。

あのときは、どうにもならない寂しさを抱えていた。……ずっとそうだった。

だがいま、どうやっても取り去れなかった虚しさは、すでに真子の中から消えている。

奇跡よね。そうとしか思えない。

お母さん、わたしいま、すっごくしあわせよ。わたしのことを産んでくれて、ありがとう。

母が微笑み返してくれた気がして、真子は微笑んだ。胸がいっぱいになり、真子はみんなに隠れて涙を拭《ぬぐ》う。

そして、母の墓前に手を合わせてくれる和磨を見て、しあわせを噛み締めたのだった。


墓地の入り口まで戻り、みんなで墓地に併設されている小さな公園に入った。

そこでは、あたたかな日差しを浴びて、兄妹らしい幼い子どもたちが、きゃっきゃっと笑い声を上げて駆け回っている。

ベンチもあったが、真子たちは揃って芝生《しばふ》に直接腰を下ろした。

真治は、駆け回っている子どもたちを、じっと見つめている。

まるで幼い拓海と、実際に見ることは叶わなかった幼い真子の姿を、彼らに重ねているようだ。

そのとき、女の子がキャーっと悲鳴を上げた。男の子に捕まりそうになったのだろう。

いまもまた、自分を捕まえようとしている手を必死でかわそうと、小さな悲鳴を上げ続けながら走り回る。その子どもたちの世界には、おかしいくらいの真剣さと無邪気な笑いがあって、真子は憧れにも似た目で子どもたちを見つめた。

「ほんとに……こんな日が来るなんてね」

凜子がしみじみ言う。

叔母の唇は微笑んでいたが、微《かす》かに震えている。

「可愛いわね……」

凜子は楽しそうに駆け回っている子どもたちを見て呟《つぶや》く。

すると真治は、辛そうにため息を吐いた。

「拓海と真子の……あんな風に駆け回る姿が見たかった……」

その言葉に、みんなが黙り込む。

「真治さん、考えても仕方のないことよ」

「……わかってる。それでも……」

「それなら駆け回ってやろうか？」

突然、拓海が冗談めかして言ったかと思うと、立ち上がりざま真子の手を掴《つか》んできた。

「のっ、野本さん」

驚いている間に引っ張り上げられ、真子も立ち上がる。

「兄さんだろ」

拓海は真子の手を引いて、芝生《しばふ》の上を駆け回り始めた。

「も、もおっ。恥ずかしいですよ」

「父さんのためだ、我慢しろ」

「野本……兄さんったら」

そう答えたら、笑いが込み上げてきた。走り回りながら、笑いが止められない。

さんざん駆け回ったふたりは、息を切らしてみんなのところに戻った。

「はあ、はあ、はあ……ああ、苦しい」

真子は息も絶え絶えで、和磨の隣にへたり込む。和磨と目を合わせると、一瞬だけ不服そうな顔をされた。たとえ兄であっても、他の男と手を繋《つな》いで駆け回ったのが、面白くないのだろう。

父と凜子の間に座った拓海のほうも、「あー、さすがに息が上がったな」と言って笑う。

「あなたたち、さすがに駆け回る歳じゃないでしょう？」

呆れたように言う凜子だが、真子たちが駆け回っていた最中に、凜子が涙を拭《ふ》いていたのを知っている。そして真治も……

「どうだった、父さん？」

拓海が茶目っ気たっぷりに真治に感想を聞く。

「どう、と言われてもな」

困ったように真治は言う。

「なんだ、父さんが見たいって言うから走り回ってやったのに、なあ、真子？」

拓海は、わざとらしく恩を売るみたいに言う。ここはそれに乗るべきだろう。

よ、よし！

真子はぐっと胸を反《そ》らし、父のほうを向いた。

「そ、そうよ。お父さん喜んでくれないと、恥ずかしいのを我慢して駆け回った甲斐がないじゃないの」

押しつけがましく言ってみたものの、ちょっとやりすぎたかと不安になる。すると和磨がいいぞと言わんばかりにウインクした。おかげで、不安が吹っ飛んだ。

「そうだな。ありがとう、真子」

「父さん、僕にはお礼はないのか？」

拓海がむっとしたように言い、場は笑いで包まれた。

真治も笑っている。その目尻には涙が浮かんでいたが、その笑顔は本物だった。

## 28　特別な場所　～和磨～

拓海と真子の無邪気なかけっこを見せられ、和磨としては、もちろん面白くはなかった。

いまだにふたりが兄妹だと思えないからだろう。そもそもの始まりがよくなかったからな。まさか真子を巡るライバルだと思っていた拓海が、実の兄だとは思わなかったし。

だいたい、拓海は妹を溺愛しすぎなのだ。こいつに好きな女が現れれば、現状は変わるんだろうが、ちっともそんな気配はない。当分は拓海と真子を取り合うことになりそうだ。

やれやれと思いつつ、何気に視線を回した和磨は、真治に目を留めた。真治は何か言いたそうに、拓海とおしゃべりしている凜子を見つめている。

声をかけようかと思ったが、なにやら深刻そうで声をかけづらい。

「お父さん、どうかしたの？」

和磨が躊躇《ためら》っていたら、真子が声をかけた。彼女も真治の様子に気づいたらしい。

「いや……」

真治は困ったように返事し、また凜子に視線を向けた。

「叔母さんに何か言いたいことでもあるの？」

「わたしに？　何かしら、真治さん」

「いや……その……」

よほど言い辛いことらしく、真治は口ごもる。

「真治さん、言いたいことがあるのなら、いま言ってちょうだい。そろそろ帰らなきゃならないし……できれば、言いたいことは顔を合わせていられるうちのほうがいいわ」

真治は覚悟を決めたように、凜子を見つめて口を開いた。

「真澄を、野本の墓に移したい。ダメだろうか、凜子さん」

「そう。……もちろん、そうしたいわよね。拓ちゃんも、でしょ？」

「考えてなかったけど……そうできたら……僕も嬉しいかな」

「ねぇ、真治さん」

「なんだい？」

「あのひとは、野本家の墓に入ってるの？」

「いや、入ってないよ」

拓海が横から口を出した。

「そうなの？」

「亡くなる前に、もう野本とは縁が切れてたから……弁護士によれば、実家の墓に入ることを生前に希望していたらしいよ」

「それじゃ、亡くなったあとは、すべてあのひとの実家にお願いしたの？」

「そういうことになる。僕らはタッチしなかった。あのひとの遺産なんてほしくないしね」

「そういうことなら、わたしに不満はないわ」

「凜子さん、ありがとう」

「そんなことより、真治さん、あなたこれから色々大変よ」

「そう……ですね」

「そんな曖昧な返事しないで。あなたには、しっかりしてもらわないと困るわ」

「凛子さん」

「あなたには、真澄のぶんまで頑張ってもらわなきゃ。これから真子を朝見家に嫁がせなきゃならないし、拓ちゃんにもいい相手を探して、野本の跡継ぎを産んでもらわないといけないんだし……」

「叔母さん、話が飛躍しすぎですよ」

拓海が苦笑して言う。

「そんなことないわよ。それで、そのうち孫が生まれるでしょう？　お祖父《じい》ちゃんになってからもきっと大変よ」

真治はつつましい微笑みを浮かべる。いずれ生まれる孫を想像しているのだろうか？

和磨は視線を感じ、凛子を振り返った。なぜか凛子は、和磨のことをじろじろ見ている。

「なんですか、凛子さん？」

「いーえ。あなたと真子の子どもを想像しただけ」

「僕と真子の子どもを想像して、どうして僕のことをそんな風にじろじろ見るんです？」

「あら、言わなくたってわかるでしょう？」

「いえ、ぜんぜん」

「胸に手を当てて、昔の自分を思い返してごらんなさいな。色々聞いたわよ。悪童《あくどう》時代のこと」

「悪童？」

和磨以外の三人が声を揃えた。凛子は和磨の両親と祖母から聞いたという悪童話のひとつをユーモラスに披露する。場はたちまち笑い声で沸き、和磨は苦笑するしかない。

あまりおおっぴらにされたくない過去の汚点ではあるが、真治さんも楽しそうに笑っているし、よしとするか。

「それじゃ、そろそろ帰らないと」

みんな頷いて立ち上がり、駐車場へ向かう。

「ねぇ、叔母さん。せっかくだし、叔母さんを空港まで見送りたいんだけど……ダメかな？」

拓海がそう申し出るが、凜子は、これから友達の家に寄ることになっているからと断った。拓海は肩を落とす。

「すぐに、また会えるわ。我が家にも遊びに来てくれるんでしょう？　ねぇ、真治さん？」

凜子から話を振られた真治は、少し迷う様子を見せながらも頷いた。

「いやあねぇ、ちゃんと来てよ、真治さん」

凜子は、パシンと音を立てて真治の肩を叩いた。かなり痛かったのか、真治が顔をしかめる。

そんなふたりのやりとりを真子はくすくす笑って見ていた。真子の喜びが伝わってきて、和磨の心も満ち足りていく。

「あの……凜子さん」

どうしたのか、真治は急に真面目な顔になり、凜子に呼びかけた。

「貴女《あなた》に伝えなければと思っていたんだが……なかなか言い出し辛くて……」

凜子に伝えなければならないこと？　真治さんは、いったい何を言おうと……？

少々緊張を覚えつつ、和磨は真治の言葉を待った。真子も拓海も真治が何を言おうとしているのかわからず、そわそわしている。

「事後報告になってしまったが、実は、真子を野本の籍に入れたんだよ。婚約パーティーの前に」

ああ、そのことか。すっかり頭から抜けていたな。

意外なことに、凜子はあっさり「そう」と答えただけだった。凜子が真子に向けて「よかったわね」と声をかけるのを見て、和磨は胸を撫《な》で下ろした。

真子は胸を詰まらせたように、「叔母さん」と返事をする。凜子は頷き、真治に笑みを向けた。

「真治さん、真澄も喜んでると思うわ」

「凜子さん……ありがとう」

「お礼なんて……それが本来の姿だもの。……でも……ほんと、よかったわ……よかった」

凜子は噛み締めるように、「よかった」と繰り返す。

凜子の深い安堵が、和磨にも伝わってきた。

真子を見ると、満ち足りた微笑みを浮かべている。和磨はそんな真子の手を取り、ぎゅっと握り締めた。真子は和磨を見上げ、握り返してくれた。


凜子が貴子のマンションの中に入って行くのを見送り、和磨と真子は車に戻った。

「今日は色々あって疲れただろう？」

運転席に乗り込んだ和磨は、助手席で少し寂しそうにしている真子に声をかけた。

「はい。ほんと色々ありました」

和磨はちょっと考えて、真子に提案してみる。

「なあ、真子。これから津田に行ってみないか？」

「それって和磨さんのマンションにってことですか？」

「ああ。それもいいが……芳崎の……君のお母さんの生まれ育った場所に、行ってみたくないか？」

「行ってみたいです！」

「それじゃ、行くか」

和磨はさっそくカーナビに、凜子から聞いた住所を登録し、車を出した。

車を走らせながら真子を見ると、楽しそうにハミングしている。

「真子、楽しそうだな？」

「はい。なんかわくわくしてきちゃって」

真子があまりに楽しそうなので、心配になってきた。

「真子、過度な期待は禁物だぞ。もう芳崎の家はないんだし」

「わかってます。それでもいいんです。だってその近辺で、小さかった母や叔母が遊んでいたんですよ。そう思うだけで、やっぱり特別なところなんです」

「そうだな」

やはり近いうちに、真子が生まれてから真澄さんが亡くなるまで住んでいたアパートにも行ってみよう。

そこには、真子の特別がいっぱいあるはずだ。

夕暮れの閑静《かんせい》な街並み。カーナビが目的地到着を知らせてきて、和磨は車を停めた。

「ここ、ですか？」

真子は外を見つめて言う。

「降りてみよう」

「はい」

ふたりで並んで立ち、芳崎家があった場所を見つめる。

「家を建ててるんですね」

「そのようだな」

そこには建築中の家があった。和風のかなり広い屋敷が建つようだ。今日は日曜日だからか、作業も休みらしく、誰もいない。

「ここで、お母さんと凜子叔母さんは生まれ育ったんですね」

「そうだな」

真子は嬉しそうに、周囲を見回す。

「もう少し……この辺りを歩いてみたいんですけど」

「ああ、そうしよう」

和磨は真子の背に手のひらを当て、ゆっくりと歩いた。

「なんか不思議ですけど……初めて見る知らない場所なのに、懐かしい気がします。お母さんがこの道を歩いたんだろうなどかって、思うからかしら？」

「そうかもしれないな」

「和磨さん、連れて来てくれてありがとう」

真子の思いのこもった言葉に、和磨の胸が満ちていく。

和磨は歩きながら真子の肩をそっと抱き寄せた。

## 29　困った注文　～真子～

「和磨さん」

真子は、車を発進させようとする和磨に話しかけた。

「なんだ？」

「ここから和磨さんのマンションは近いんですよね？」

「ああ」

「今夜はそこに泊まりませんか？」

「いいのか？」

「もちろんです。あそこは和磨さんの家ですもの」

そう言ったら、和磨は嬉しそうに微笑んだ。その笑みを見て、こちらも嬉しくなる。

「わかった。けど、夕食は外で食べてから帰ろうか？　お薦めの店があるんだ」

「はい。どんなお店なのか楽しみです」

そうして、和磨お薦めのレストランで夕食を済ませたあと、ふたりは和磨のマンションに向かった。

「また夜になってしまったな」

和磨が少し残念そうに言い、真子は首を傾《かし》げた。

「和磨さん？」

「ああ……いや、マンションの外観がな」

「外観？」

「明るいといい感じなんだ。ただ暗くなると、ほら、あの山が黒々として印象があんまりよくない」

和磨に言われ、前方に目を向ける。そこには、外灯に照らされた大きなマンションが見える。

わたし、一昨日来たとき、あんまり迫力があって萎縮したのよね。でも、今日は平気みたい。

それにしても……後ろの山が黒々として印象がよくないって？

「あんまりピンときません。昼間のマンションを見ていないから」

「そうか。朝、見てもらえばよかったな。すっかり忘れていたよ」

「それじゃ、明日の朝、見せてもらいます」

「うん、そうしよう」

「朝と夜で、そんなに雰囲気が違うんですか？」

「ああ。全然違うな」

和磨が断言し、真子は思わず笑ってしまった。

「和磨さん、このマンションが好きなんですね」

「……どうなんだろうな。そんな風に考えたことはなかったんだが……。そうだな、自分で稼いだ金で購入した家だから、愛着を持ってるのかもしれないな」

そんな風に聞くと、真子もあのマンションに愛着を持ってしまいそうだ。


マンションに到着し、最上階へ繋《つな》がるエレベーターに乗り込む。

エレベーターを降りると、広い空間に玄関がひとつだけある。前は驚いたけど、二度目ともなると、じっくり観賞できる余裕ができたみたい。

「玄関先のレイアウト、素敵ですね」

そう言ったら、和磨がふっと笑う。和磨さんも、わたしの反応の違いを感じてるんだろうな。

家の中に入り、まずは朝見の家から貰《もら》ってきたものをキッチンに片付けた。そして、ふたり揃ってリビングに入る。

「さて、真子、感想は?」

和磨が軽い感じで聞いてきて、真子は噴き出した。

一昨日ここに来たときも、和磨さんはそう尋ねてきたっけ。首を傾げていると、「真子」と和磨に催促された。

「和磨さん、前のとき、わたしがなんて答えたか覚えてます?」

「なんだ、君は忘れたのか？」

「はい。ああ、思い出しました。想像を超えてたって言ったんだったわ」

「ハズレ」

「えっ？　ハズレ？　そんなことないですよ。そう言いました」

「まあ、確かにそれも口にしたけどな。君は、俺に似合うって言ったんだ。それも哀しそうに」

「そ、そうだった……かも」

言われて思い出した。うわーっ、恥ずかしい。

「で、俺は数時間もすれば見慣れると言った。真子、俺のその言葉は正しかったかい？」

真子はくすくす笑ってしまった。

「確かに、見慣れてきます。……和磨さん、あまり深刻になるなって言いましたね」

わたしは色々なことを深刻に捉《とら》え過ぎていたのかもしれない。だからガチガチになってしまった。

ここも、和磨さんの実家も、これまでのわたしの生活とは馴染みのない場所だった。それ故《ゆえ》わたしは、頭から相容《あいい》れないと思い込んでしまった。けど……そういうことじゃなかったのかも。

相容れないなんて思うから、世界が違うとか、飛び込むのが怖いとか思ってしまうんだ。

真子は隣に立つ和磨にきゅっと抱き着いた。

「真子？」

「和磨さんのマンションと、朝見の家を訪問してよかったです」

そう言いながら、真子は今日、朝見の家であったことを思い返した。

「立派過ぎるお家に驚いていたら、いきなりシステム異常で、門が開かなかったり、みなさん慌《あわ》ててバタバタしてたり……ほんと色々ありましたね。でも、全部が楽しかったです」

「そうか。よかった」

「システム異常については、よくはないですよ、和磨さん」

「それもそうか」

和磨が笑い、真子に心地よい振動が伝わってくる。

「わたし……大丈夫な気がしてきました」

「……そうか」

和磨の安堵の含まれた言葉に、嬉しさが込み上げる。真子はこくりと頷くと、甘えるように和磨の胸に頬を寄せた。


髪と身体を時間をかけて洗い、真子はゆっくり湯船に浸《つ》かった。

お洒落《しゃれ》なお風呂だな。一度入っているけど、そのときのことはあまり覚えていないのよね。わたし、ほんと心に余裕がなかったんだって、いまならわかる。

まだ、すべてを受け入れられたわけじゃないけど……前よりはマシだよね。ちゃんと色々なものを落ち着いて見られるようになっている。

温かなお湯に肩まで浸かり、ほっと息を吐く。気持ちいいな。

ほんわかと心地よさに笑みを浮かべた真子は、この二日間のことを、順を追って思い出してみた。

凛子叔母さんが来てくれて、叔母さんに和磨さんとのことを伝えて、認めてもらえたし……お父さんと叔母さんから過去にあったことを聞かせてもらった。

義理の祖母がついた嘘のせいで、バラバラになってしまったわたしたち家族……

いままで、お父さんはどうして、わたしたちに連絡をくれなかったんだろうと思ってたけど、そのわけもわかった。それに、お母さんが亡くなるまで、凛子叔母さんの存在を知らなかった理由も。

謎が全部わかって、ほんとすっきりした。

すっきりか……

お父さんとお母さんのことは、さすがにすっきりなんて、簡単に片付けられないよね。

野本の家から追い出されたお母さんの気持ちを考えると……胸が張り裂けそうだ。お母さんをそんな目に遭わせた義理の祖母は、やはり許せないと思う。

でも、どうしてそんなことをしたんだろう？　憎まれるだけでいいことないのに……

「真子、大丈夫か？　寝てないか？」

浴室の外から和磨が声をかけてきて、真子は慌《あわ》てて「大丈夫です」と返事をした。

「よかった。あんまり遅いから、疲れて寝てしまったのかと思った」

「ごめんなさい。もう上がりますね」

「慌てなくていいぞ」

「はーい」

「ああ、それと、寝間着の代わりになるものを見つけたんで置いておく」

「はい？　でもわたし、寝間着持ってきてますよ」

「君に着てもらいたいんだ。いいだろ？」

「別にいいですけど」

「そうか。それじゃ、上がってくるの待ってるからな」

なんだろう？　ここには和磨さんのものしかないはずなのに……

風呂から上がった真子は、そこに赤い物を見つけて眉をひそめた。

なんなの、これ？

真子は恐る恐る、その赤い物を取り上げた。

これ、パジャマじゃない。……ガ、ガウン？　いや、バスローブだわ。

和磨さん、これをわたしに着て欲しいわけ？

少々怯《ひる》みつつも、和磨の頼みならしょうがないかと諦める。ひとまず、用意していた下着を身に付けようとして、真子は眉を寄せた。

あら、下着がない。おかしいな？　寝間着と一緒に持ってきて……って、まさか和磨さん、寝間着ごと持っていっちゃったの？

間違えて？　そう思ったが、すぐに否定する。きっと、故意に持っていったに違いない。つまり、このバスローブ一枚で出て来いということだ。

まったくもおっ！　和磨さんならやりかねないけど……

ああ、どうしよう……いつまでもここに籠《こも》ってるわけにもいかないわよね。それに、痺《しび》れを切らせた和磨さんが迎えに来そうだ。それよりは、自分から出て行くほうがいいか？

真子は迷うより先にと、裸体に真紅のバスローブを羽織った。

な、なんか、いまいちだ。

サイズが大き過ぎるものだから、いくら腰紐をしっかり締めても、すぐに緩《ゆる》んできてしまう。

和磨さんってば、なんでこんなものを着て欲しがるのかしら？

和磨の考えが理解できない真子は、肩を落とし大きなため息を吐いたのだった。

## 30　理性の限界　～和磨～

出てこないな。

真紅のバスローブを見て、さすがに躊躇《ちゅうちょ》しているんだろうか？

自分の着替えを用意しようとしたら、あれが目に飛び込んできたのだ。

真子に着せたら、さぞかし……

その姿を想像して、ぜひとも真子に着てもらいたくなり、脱衣所に置いてきた。

そのとき、カチャッと微《かす》かな音がする。

和磨が振り返ると、真子がおずおずと部屋に入ってきた。彼女を見た瞬間、一気に体温が上がる。

これは……想像の上をいっているぞ……

そのしどけない姿に、下半身が即座に反応した。

真紅のバスローブを羽織った真子は、いつにも増して色っぽく……和磨の欲望を駆り立てる。

いますぐにも襲いかかりたいのを、理性を総動員してぐっと堪《こら》えた。

性欲に我を忘れて真子を求めるなんてことはしたくない。

「似合うよ」

平静を装って声をかけると、真子の頬がぷっと膨れた。和磨の好きな表情のひとつだ。

「そんな澄ました顔をして……ほんとは心の中で笑ってるんでしょう？」

いやいや、笑ってなんていないぞ。欲望を必死に制御しているところだ。

それにしても、この姿は……目の毒……いや、目の保養だな。

バスローブが大き過ぎるからか、彼女は胸の下で腰紐を縛っている。そのせいで、ウエストのくびれと腰の丸みが強調されて、これがなんとも色っぽい。

「それにしても、和磨さん、赤いバスローブなんて着てたんですね」

そんな言葉を貰《もら》い、和磨は顔を歪めた。

「真子、俺は赤いバスローブなんて、着ていないぞ」

「えっ……だって」

「そいつは、誕生祝いに智慧がくれたんだ」

智慧は和磨の従兄弟《いとこ》で、子どもの頃からずっとつるんでいる相手だが、こいつがロクな奴じゃない。

「この真っ赤なバスローブは、俺への嫌がらせさ。捨ててやろうかと思ったんだが、一応祝いにくれたものだから躊躇《ためら》われてな。ずっとしまい込んでいたんだ。けど、取っておいてよかったよ」

こんな妖艶《ようえん》な真子を見ることができたのだ。和磨は、いまだけ智慧に感謝した。

「ほら、いつまでもそんなところに突っ立ってないで、こっちに来い」

自分の座るソファに真子を誘う。だが、こちらへ歩いてくる真子の姿に、性欲が急上昇した。

真子の白い肌に絡《から》みつく真紅の布……腰の丸みに、すらりと伸びる白い足……真子が一歩踏み出すごとに、媚薬でも振り撒《ま》かれているかのように、頭の芯が熱くなる。

いや、一番熱くなっているのは……下半身の塊《かたまり》。

「和磨さん、何を考えてるんですか？」

和磨の前に立ち、真子が言う。

熱に浮かされそうになっていた和磨は、ハッとして真子と目を合わせた。

「うん？」

「いま、すさまじく怖い顔してるんですけど……」

あっ、しまった。顔に出ていたか。

『いますぐ、君をベッドに押し倒したい気分なんだ』と言いそうになるのを、ぐっと堪《こら》える。

だが、視線は真子の胸元をさまよってしまう。自分が思う以上に、その視線は露骨だったようで、真子がぎゅっと胸元をかき合わせた。

和磨は内心苦笑し、真子に微笑みかけながら手を差し伸べた。

「おいで」

一瞬、躊躇いを見せた真子だが、和磨の手を取ってくれる。そんなことがとんでもなく嬉しい。

真子は導かれるまま、素直に和磨の隣に座った。

「何か飲むか？　朝見の家から貰《もら》ってきたジュースとか」

「ああ、いいですね。あっ、みたらしもありましたね」

「みたらしとジュースは合わないな。そっちは明日の朝にでも食べよう」

「そうですね」

和磨はキッチンへ行き、ふたつのグラスにジュースを注《そそ》ぐ。ソファに戻り、グラスのひとつを真子に手渡した。

「ジュースで乾杯ってのも、おつなものだな」

そう言いつつ、グラスを触れ合わせる。カチンという音に、真子が微笑んだ。

その笑顔に見惚《みと》れていると、真子から再びグラスを触れ合わせてきた。今度は、先ほどよりやわらかな音が響く。

「乾杯」と和磨が言うと、真子も「乾杯」と照れくさそうに呟《つぶや》く。

ふたりはジュースを飲み、一緒に笑った。

まるでふたりの心が溶け合っているように感じる。

「和磨さんは、やっぱり不思議なひとですね」

真子が、和磨に身を寄せながら言う。

和磨は真子の頭のてっぺんに、軽く唇をつけた。すると真子がくすぐったそうに身じろぎする。

くすくす笑う真子に、和磨の胸もくすぐったくて堪《たま》らない。

「君はいい香りがするな」

「そ、そうですか？」

真子は自分の鼻に腕を近づけ、匂いを嗅《か》いでいる。

「あんまり香りは、しないけど」

「自分の匂いは、自分ではわからないものなんじゃないか？」

「そうかも」

真子はそう言うと、和磨の腕を取った。そして今度は、和磨の匂いを嗅《か》ぐ。

「俺の腕なんて、嗅いだところで……」

笑いながら口にすれば、真子が首を横に振る。

「和磨さんの匂い、とっても好きです」

「そうか？」

和磨も思わず自分の匂いを嗅いだ。

「微《かす》かに爽《さわ》やかな柑橘系の匂いがするでしょう？」

「そうか？　いや、わからない」

首を振ったら、真子が声を上げて笑い出した。そして笑い止んだところで、和磨をじっと見つめてくる。

「わたし……」

「なんだ？」

「お風呂から出てくるのが凄《すご》く怖かったんですよ」

襲いかかられるんじゃないかと怯《おび》えたわけか？　もちろん、いますぐ襲いかかりたい。

「こんなの着せられちゃうし……しかも……え、えっと……そ、その……」

『しかも……』のあと、何を言おうとしたのかもちろんわかる。その下に何もつけてないということだろう。だが真子は、自分から和磨に身を寄せてきてくれた。

密着したところから真子と和磨の体温が混じり合う。その特殊な熱に溶け込んでいきたくなった。

和磨は真子の頬に手を添え、彼女の瞳をじっと覗《のぞ》き込む。

「真子、君が欲しい。もう限界だ」

そう言ったら、驚いたことに真子のほうから唇を合わせてきた。そして、躊躇《ためら》いがちに和磨の唇に舌を這《は》わせ始める。

これは……堪らないな。

真子を誘うように唇を薄く開いたら、おずおずと舌が入り込んでくる。どきりとした瞬間、心臓が早鐘を打ち始めた。

じっとその行為を受け入れていると、真子は徐々に大胆になってきた。和磨の舌に自分の舌を絡《から》ませ、ぎこちなく吸ってくる。

ぞくぞくと身体が震え、下半身に熱がこもる。性的な高まりに、いまにも理性が耐え切れなくなりそうだった。

## 31　運ばれていく愛の囁《ささや》き　～真子～

……なんだか熱に浮かされてるみたい。

自分から仕掛けたディープなキス。和磨は抵抗せずに真子のなすがままだ。

心臓がバクバクと音をたてている。苦しくなった真子は、ゆっくりと唇を離した。

和磨を見ると、瞳を熱っぽく潤《うる》ませている。

色っぽい……

真子は無意識に和磨の首筋に指を這《は》わせた。この気持ちはなんだろう……和磨を滅茶苦茶にしたい欲求が湧き上がってくる。

その欲求に突き動かされ、真子は和磨の寝間着のボタンを外した。和磨のたくましい裸体が現れる。真子はそこについている赤い痣《あざ》を見つめた。これは真子がつけたもの……痣を中心にして撫《な》でるように触れると、和磨がぶるっと身を震わせる。

下腹まで手を這わせたところで、和磨に手首を掴《つか》まれた。

「……和磨さん？」

「すまない。もう抑えられない」

苦しげに言われて、真子は目を瞠《みは》った。

「君が欲しい」

真子の胸元に和磨の手がさし込まれた。

「か、和磨さ……」

和磨の手は、ゆっくりと胸の膨らみに向かっていく。

「ああっ……」

真子は和磨の手を掴んだ。抵抗したいのではない。ただ、掴むものが欲しかった。

真子の意識は、膨らみを撫でる和磨の手に集中する。

和磨の手のひらが敏感な蕾《つぼみ》に触れ、真子はピクンと身を撥《は》ねさせた。ほんの少し触れただけなのに、快感が全身を走り抜ける。

ドクンドクンと、心臓が大きく脈打ち始める。

手のひらで蕾を転がされ、甘い刺激に耐えようと、真子は息を止めた。

徐々に胸の膨らみが張りを持ち、蕾が硬くなっていくのがわかる。

「この匂いだ……」

そのとき和磨が、掠《かす》れた声でそう呟《つぶや》く。

匂い？

「君を味わいたい衝動が突き上げてきて……抑えがきかない……」

「和磨さん？」

「もう、ベッドまで我慢できそうにない」

その声は切羽詰《せっぱつ》まっていた。

「君にも満足してほしいのに……」

辛そうに口にしながら、和磨の手は荒々しい動きに変わる。バスローブの胸元を掴《つか》んだかと思うと、一気に剥《は》いだ。真子の裸の胸が和磨の前にさらけ出される。けれど、真子に恥ずかしがっている余裕はなかった。

和磨の大きな手が直に胸の膨らみを覆うと同時に、唇が重ねられたのだ。

息つく暇もない激しいキスに、真子の脳裏で小さな火花が散る。

すでに硬くなっている胸の蕾《つぼみ》を指で弄《いじ》られ、真子は大きく喘《あえ》ぐ。

「はあっ、ああん……あ、ああ……んっ……」

いつの間にか真子は、和磨の頭を両手で抱えていた。胸の頂《いただき》を和磨の口に含まれ、舌で捏《こ》ねるように舐《な》められる。

ゾクゾクとした快感が連続して突き上げ、もどかしい感覚が下腹部に生まれた。それが徐々に大きく膨らんでいく。

和磨の腕に抱えられ、気づけば身体はソファから引きずり下ろされていた。

床に転がった真子に、和磨が覆いかぶさってくる。

「真子」

掠《かす》れた和磨の声に、息を弾ませていた真子は、目を開けた。

「大丈夫か？」

その問いに、真子は戸惑いを感じた。

「和磨さん？」

「俺は、欲望のまま君を求めてる。けど止められない」

そう口にするのも辛いのか、真子を押さえ込んでいる和磨の腕が小刻みに震えている。

真子はその腕にそっと触れた。そして、和磨の震えを宥《なだ》めるように撫《な》でる。

「真子」

「同じです。わたしも和磨さんを求めてます。和磨さんが欲しいです」

真子は両手で和磨の胸に触れ、張り詰めた筋肉を味わうみたいに撫でた。すると、重なり合った下腹部で、和磨の猛《たけ》ったものがビクビクッと動く。

「くっ」

和磨は苦しげに歯を食いしばる。

「続けてほしいのに、耐えられない」

そう言った和磨は、熱い塊《かたまり》をさらに真子に押しつけてきた。

本能的にやってしまったことに焦ったのか、和磨が慌《あわ》てて腰を浮かす。

そのまま身体を震わせ、ぐっと何かに耐えている。

「わたし……何か……できませんか？」

苦しそうな和磨を見て、真子は堪《たま》らず問いかけていた。すると和磨が苦笑いする。

「君に何かされたら、その瞬間爆発する」

「そ、そうなんですか？」

真子は驚いて、和磨に触れていた手を浮かした。

「我《わ》が侭《まま》を言っていいか？」

「我が侭？　え、ええ、もちろん。でも我が侭って？」

「いますぐ、君の中に入りたい。俺を受け入れてくれるか？」

切なそうな懇願に、真子はすぐに頷いた。

「いいのか？」

「わたしも、和磨さんが欲しいと言いました」

真子は自分でバスローブの腰紐を取り去った。その大胆な行為に、和磨が目を瞠《みは》る。

しかし、すぐに身を起こした和磨は、自分の着ているものを乱暴に脱ぎ捨てた。もどかしそうに避妊具をつけ、真子に身を沈めてくる。真子の中はすでに十分潤《うるお》っていて、和磨の侵入をすんなり受け入れた。

ぐっと突き上げられ、中を熱いもので満たされる。

「んんっ」

「大丈夫か？」

いたわるように声をかけた和磨が、真子の頬にキスをする。

「少し苦しいけど……満たされてて……しあわせです」

「そうか」

ほっとしたように笑みを浮かべた次の瞬間、和磨は何かに突き動かされるように、大きく腰を引き、一気に突き上げてきた。

「あうっ」

真子は背を反らして身を震わせた。耐え切れないほどの快感に包まれる。

「ああ、和磨さん」

和磨は一心不乱に腰を動かし始めた。真子もその動きに身を任せる。

はあはあという荒い息が、自分のものなのか和磨のものなのか、もう判断がつかない。

和磨がひときわ強く、真子の内部を穿《うが》ったとき、身体の内部から強烈な快感が湧き上がってきた。

「ああ……くっ……あああっ！」

ビクビクビクッと、和磨を受け入れている部分が収縮し、真子は和磨にしがみつく。

「うっ、くっ！　真子っ！」

和磨が苦しげに身を硬くし、次の瞬間、真子は頂上まで上り詰めた。秘部が小刻みに収縮を繰り返しているのを感じながら、真子は恍惚《こうこつ》とした感覚に浸《ひた》る。

「ああ……真子」

「か……ずま……さん」

息も絶え絶えに口にすれば、やさしい口づけを貰《もら》った。

やさしく抱き締められ、真子も和磨を抱き締め返す。満ち足りた心地でいたら、和磨の手がさわさわと真子の肌に触れてくる。

「和磨さん？」

「うん？」

和磨は返事をしたものの、その手は真子の腰の丸みを味わうように撫《な》でながら、下腹部へと下りてゆく。そして秘部を弄《もてあそ》び始めた。

まさかの行動に呆気に取られている間に、和磨の指は潤《うる》みきった蜜壺に侵入してくる。

「か、か、か、和磨さん、何をして……」

「何をって……口にしていいのか？」

「は？」

「君のあそこに指……」

「ダ、ダメですっ！」

真子は仰天して和磨の口を塞《ふさ》いだ。

「むぐっ、むぐっ」

塞がれた口で何か言いつつも、和磨の指は、真子の秘部を蹂躙《じゅうりん》し続ける。

「あんんっ」

思わず淫《みだ》らな声を発してしまう。達したばかりの身体は、とんでもなく敏感になっている。

「一度じゃ足りない」

「はいいっ？」

顔を真っ赤にして声を上げたら、和磨はにっと笑い、真子の口をキスで塞ぐ。

和磨が与える淫らな刺激に、真子はなす術《すべ》なく引きずり込まれていったのだった。

ううん……

ヒクヒクッと身を震わせ、真子は目を覚ました。

「起きたか」

間近から和磨が顔を覗《のぞ》き込んでいる。

そう思った途端、真子はきゅっと眉を寄せた。

なんとなれば、真子の秘部……しかも一番敏感な突起の部分を撫で回している不届きものが……

「か、和磨さん！」

「ん。おはよう」

「お、おはようじゃありません！」

なんとか、その不届きものを退治しようとするが、掴《つか》んだ手はびくともしない。

「和磨さんってば！」

「だから、なんだ？　だいたい君は、僕にまだおはようの挨拶をしていないぞ」

「呑気に挨拶していられる状況ですか、これが？」

「これ？」

「だ、だから……わたしの……」

「君の？」

「も、もおっ」

その瞬間、突起をくりくりっと弄《いじ》られる。背筋を甘い刺激が走り、ビクンと反応してしまう。

「あー、しあわせだなぁ」

にやけて口にする和磨を真子は睨《にら》みつけた。

「も、もおっ。ダメですってば」

「どうして？」

いや、そんな風に可愛く尋ねてきてもダメですから。

今日は月曜日で、これから出勤しなければならないのだ。しかも、和磨のマンションから会社までは遠い。

「時間、大丈夫なんで……っ、ああん！」

また突起をいたぶられ、あられもない声を上げてしまい、真子は真っ赤になった。和磨の執拗《しつよう》ないたぶりに、真子の身体はすっかりその気になってしまってる。

「だから、やめてくださいってば！」

「まだ四時半だ。もう一戦やる時間は十分ある」

「一戦とか言わないでください」

「しかしだな。俺のここはすっかりその気になってるし、ここで満足させてやらないと、会社で襲うかもしれないぞ」

「それ、冗談ですよね？」

「冗談に聞こえたとしたら、心外だな」

さすがに、本気だとは思えないのだが……まさかね。

夕べ、一度ならず、何度も欲望を吐き出したのに……

「そ、そうだ。朝食を食べて、散歩に行きましょう」

「散歩？」

「はい。この辺り……まだ、ひゃんっ」

突然、胸の先端を弄られ、あられもない声を上げてしまう。

「散歩に行くなら、なおのこと早くしないとな」

いまの和磨には何を言っても無駄なようだ。

それを証明するかのように唇が重ねられ、その隙間を和磨の舌が這《は》う。

「んんんっ」

和磨は真子の唇に軽く吸いつき、さらに味わうみたいに唇を舐《な》めた。

どんどん濃厚になっていくキスに、抗《あらが》う意志は消え失せていく。

真子は薄く唇を開き、和磨に降伏したのだった。


「大丈夫か？」

マンションの裏手にある山へとやって来たものの、すでに息が切れている。

真子は気遣わしげに声をかけてきた和磨を睨みつけた。

「大丈夫かって、どの口が言うんですか？」

しょぼくれた様子で「ごめん」と謝られ、真子は黙り込む。

もう散歩はやめておこうかと思ったのだが、出勤する前に気持ちをリセットしたかった。

それにしても、和磨さんは元気そのもののようだ。まるで疲れを感じさせない。

「あそこのベンチに座って休もう」

そう提案され、真子は無言でベンチに腰かけた。隣に和磨が座ってくる。

まだそんなに登ってきたわけではないが、かなり眺めがよかった。

背後から気持ちのいい風が吹き、ふっと身体が軽くなる。

目の前には和磨のマンションがある。あの一番上が、和磨さんの家なんだなぁ。

「和磨さんのマンションの外観、素敵ですね」

「気に入ってくれたか？」

「はい」

「なあ、真子」

「なんですか？」

「あのマンションは、もう君の家でもある。そう思ってくれるか？」

和磨の問いには期待がこもっている。真子はその期待を受け入れて、和磨に微笑みを返した。

「わたしのワンルームも、もう和磨さんの家ですよね？」

「もちろんだ」

「なら、このマンションもふたりの家ですね。あっ、それから野本にもわたしたちの部屋を用意してもらったし、和磨さんのご両親の家にある和磨さんの部屋も、ですよね？」

「真子」

和磨が嬉しそうに微笑んでくれ、真子は照れて笑った。大きな変化を前向きに捉えている自分が嬉しいし、そのことを和磨が喜んでくれているのも凄《すご》く嬉しい。

「こんなにいくつも部屋を持つことになるなんて、もうびっくりですよ」

「確かにな」

そう口にする和磨への愛が溢《あふ》れてきて、真子は和磨に抱きついた。

「わたし、しあわせすぎます」

「そうか。僕もしあわせだ」

和磨はそう言って、口元に微笑みを刻む。

その笑みに胸がきゅんとし、苦しいくらいだった。

好きだなぁ。この笑みも、わたしに向けてくれる眼差しも……

求められるのも嫌じゃない。抱かれるたびに、和磨への愛が膨らむ。

もちろん、こうしてただ並んで座っているだけでも……

「もうそろそろ出かけないとな」

「そうですね」

「また、来るか？」

「もちろん。この山のてっぺんも制覇しないといけないし……ねぇ、和磨さん」

「うん？」

「……なんでもないです」

真子は頬を赤らめ、ベンチから立ち上がるとそのままスタスタと道を引き返す。

「まーこ」

「なんですか？」

「言いかけてやめるなんてダメぞ。気になるじゃないか？」

和磨は文句を言いながらも、真子の後ろをついてくる。

彼が自分の後ろにいる。そのことに安心する。

「愛してますよ」

真子は声を潜《ひそ》めて呟《つぶや》いた。

「何か言ったか？」

和磨が、顔を覗《のぞ》き込んで聞いてくる。

「内緒です」

そう言うと、和磨は首を傾《かし》げて真子を見つめてくる。

「言いませんよ」

「残念だな。もう一度聞きたかったのに……」

「えっ？」

「僕も愛してるよ、真子」

耳元で囁《ささや》いた和磨は、驚いている真子をぎゅっと抱き締めてきた。

周囲には、早朝の散歩を愛犬と楽しんでいる人々がそこかしこにいるというのに……

「いっぱいひとがいますよ」

抗議にはならなかった。

「そうか？　目に入らないな。だって、しあわせで堪《たま》らない。

ひと目が気になりつつも、和磨の甘い囁きに胸がときめく。

「和磨さん、あの、もう一度……」

真子は俯《うつむ》いて、小さな声でおねだりした。

すると、そのときを狙ったかのように、ひときわ強い風が吹き抜けていく。

風に運ばれていく愛の囁きを、真子は笑みを浮かべて見送った。

女子高生の沙帆子《さほこ》は、モデル並みに
かっこいい化学教師の佐原先生に片思い中。
だけど、親の都合で引越しすることになったため、
この恋もこのまま終わりかと思っていたら……
どうして先生と結婚することになってるの!?

B6判　定価：640円+税　ISBN 978-4-434-20485-2

**風（fuu）**
岐阜県在住。2005 年 6 月、web サイト「やさしい風」(http://yasashiikazefuu.web.fc2.com/) にて、恋愛小説の掲載を始める。インターネット上で爆発的な人気を誇り、「PURE」にて出版デビューに至る。

**イラスト：鞠之助**

恋《こい》に狂《くる》い咲《ざ》き 4

風（ふう）

2015年 8月 31日初版発行

編集－本山由美・羽藤瞳
編集長－塙綾子
発行者－梶本雄介
発行所－株式会社アルファポリス
〒150-6005東京都渋谷区恵比寿4-20-3 恵比寿ｶﾞｰﾃﾞﾝﾌﾟﾚｲｽﾀﾜｰ5階
TEL 03-6277-1601（営業） 03-6277-1602（編集）
URL http://www.alphapolis.co.jp/
発売元－株式会社星雲社
〒112-0012東京都文京区大塚3-21-10
TEL 03-3947-1021
装丁イラスト－鞠之助
装丁デザイン－ansyyqdesign
印刷－株式会社廣済堂

価格はカバーに表示されてあります。
落丁乱丁の場合はアルファポリスまでご連絡ください。
送料は小社負担でお取り替えします。

ISBN978-4-434-20980-2 C0093